翼想本

翼想本

誘捕！
「不聽話的寵物男孩」
2
小杏桃
繪／MAE

目錄

序章　暑假總是要搞點事情

「學長，過來我這邊。」

「啾啾！啾啾啾啾啾——！」

「學長，你一整個下午都要看著我練習，不能離開。」

「啾啾啾啾啾啾——？」

「學長，下午我想吃你做的點心。」

「啾！啾啾！啾啾啾！」

看著眼前一人一鼲，語言不通，卻依然吵得不可開交的神奇場面，俞皓第一百次在自己心中懊悔不應該答應嚴正宇，參加社團的合宿練習。至少，不應該帶時燁來。

暑假前的一次課後練習後，嚴正宇在時燁難得不在俞皓身邊時，提了陪訓的請求，俞皓想暑假沒什麼安排也就答應了。之後這件「小事」就被自己拋在腦後，忘了跟時燁報告。

啟程當日，深知學長神經大條的嚴正宇特地提早三個小時來接人，俞皓才回想起約定，匆忙地收拾行李準備出發。偏偏時燁前一天住在俞皓家，變身成比較不占空間的蜜袋鼲窩在俞皓頭上大睡特睡，驚醒後發現兩人的祕密約定火冒三丈，不管三七二十一扒著俞皓跟過來。

變身成蜜袋鼲的時燁整趟車程都在報復俞皓，窩在他衣襟中，這裡抓抓那裡搔搔，偏偏嚴正宇還在一邊體貼地噓寒問暖，惹得時燁火氣更盛無法控制力道，讓睡眠不足的俞皓苦不堪言。

到了練習營地之後，俞皓以為情況會好轉，畢竟球隊要展開正式訓練，嚴正宇也就沒空跟著他了。只要搞定時燁，安順的小日子就能回來。俞皓一到營地就借了餐廳，料理簡易三明治想討好時燁，這個舉動也確實讓時燁安靜下來，窩在俞皓頭上一邊監督一邊歡快地啾啾叫。

誰知道這如意算盤被籃球隊員給打破了，剛練習完的隊員就這麼巧地在三明治做完的瞬間到廚房覓食，高中男生食量不可言喻，三兩下就把俞皓的心血搶食完畢，還拜託俞皓之後繼續幫忙做點心。頂著時燁瘋狂用小爪子拍打他頭的壓力，俞皓還是答應了，這讓無法言語只能啾啾叫的時燁蜜袋鼯氣到爆炸，硬生生地拔下俞皓好幾根頭髮。

無法變回人形的時燁蜜袋鼯搗亂了好幾天都不肯消停。俞皓私下做了幾次專屬點心，還有好聲好氣地哄著幾天，時燁蜜袋鼯才終於恢復成平常懶散黏人的模樣，但只要遇到嚴正宇，他又會怒氣高漲像現在這個樣子。

「啾啾！啾啾啾啾啾──！」時燁蜜袋鼯撐起小身子，仰頭朝嚴正宇齜牙咧嘴。

「……學長，你這隻蜜袋鼯真的有療癒效果嗎？」看著這隻欺上壓下的寵物，嚴正宇實在無法喜歡。不知為何，這隻蜜袋鼯囂張的模樣會讓他想到某人，他好不容易隔開的「某人」。

「呃，有哇。」俞皓察覺蜜袋鼯的目光，連忙點頭肯定，「球球是全世界最可愛的存在喔。」

「可是牠感覺不是很聽話，是不是學長太溺愛牠了？」嚴正宇有些吃味，「就算是寵物，也要教訓才會聽話吧？」

時燁聽到嚴正宇的話簡直要氣瘋，大聲地啾啾叫著，但隨即便發現身高差實在太欺人，蜜袋鼯即使站直身體也才三十公分高，跟一百八十公分的嚴正宇比起來根本是路邊小石頭，輕而易舉地就能踢飛。

如果變回人類就不會輸了！時燁憤然地想著，飛速地竄回俞皓頭上，感覺氣勢回來了些，對嚴正宇的挑釁也就有了底氣，叫喚得更大聲。

「……學長，我覺得牠在挑釁我。」嚴正宇面無表情地看著俞皓頭上得意洋洋的蜜袋鼯，心中不悅感驟升。

「啾啾！」時燁蜜袋鼯像是在回應對方，高舉雙爪。

自己的猜想獲得肯定，嚴正宇不客氣地一把將時燁蜜袋鼯從俞皓頭上抓下，這突然的舉動讓時燁和俞皓都慌了手腳。

「啾啾！啾啾啾！」時燁蜜袋鼯憤怒地掙扎想要逃脫。

俞皓想要搶回時燁，但嚴正宇利用身高優勢，將蜜袋鼯高舉。

「我來給牠一點教訓吧。」嚴正宇控制力道，但羞辱性地用另外一隻手彈打著蜜袋鼯的屁股。

俞皓沒想到嚴正宇會突然出手，連忙大喊阻止，「正宇放手！球球很脆弱的！」

嚴正宇還是很聽俞皓的話，將蜜袋鼯遞還給他，解釋著自己的用意，「有慈母就要有嚴父，這樣孩子才會聽話。」

俞皓沒心情理他，看著被宿敵教訓後失了心神的時燁蜜袋鼯奄奄一息的模樣，伸出手就要敲打嚴正宇替時燁報仇。無奈身高劣勢，出手才發現自己只能打到人家肩膀。嚴正宇見狀連忙蹲低身子，讓俞皓順利地敲了他的頭一下。

「雖然球球不乖，可是你這樣大庭廣眾之下教訓他，很傷他的自尊心。」俞皓一邊教訓嚴正宇一邊溫柔地撫摸蜜袋鼯的頭，看著隨著撫摸蜷縮起身體的嬌小模樣就覺得一片心疼，抱著他轉身就走。

嚴正宇看著俞皓離開的方向，反省自己讓學長生氣的原因。

「意思是教訓孩子要在私底下的意思嗎？」

回到房間，俞皓才關上門，時燁蜜袋鼯就竄出他的懷抱，迅速地變成人形，憤怒地想往外衝。

「時燁、時燁等等啦！」俞皓連忙擋在門前，一邊小心地迴避著對方過度靠近的赤裸身體。

「走開，我要跟那傢伙單挑！」自尊心受創的時燁聲音又低沉幾分，惹得俞皓膽顫心驚。

「先穿上衣服啦！你現在這樣跑出去，不要說單挑，走幾步就會因為公然猥褻被抓走了啦。」俞皓抵著門，低聲下氣地拜託這位大爺。

終於發現自己裸著身體的時燁，憤慨依舊，轉而將怒火發洩在俞皓身上。

「你怎麼可以幫著外人欺負我。」時燁一邊抱怨著一邊將兩手手肘抵在門上，將俞皓圈在自己雙臂內，看著他一臉尷尬的表情，心情才好了一點。

俞皓無法克制自己過度在意逼近的裸體時燁，只能低著頭閉著眼睛阻隔視線，小小聲地辯解，「我哪有啊。」

「還敢否認，擅自答應那傢伙的約會，跑來這種地方讓我受罪。」時燁冷聲細數自己這幾天遭受的委屈，「然後任那些臭傢伙不分輕重的虐待我，還把我的點心分給那些人吃，你都不會良心不安啊？」

「大家對蜜袋鼯好奇摸了幾下而已嘛！」本來覺得委屈而大聲辯解的俞皓，睜眼看見滿溢視線的肉色，又閉上了眼睛，聲音也越來越微弱，「事情又沒你說得這麼嚴重……」

天啊，媽咪喔！為什麼他一個青春少年要被同齡的男同學門咚呢？就算對方身材很好，肌肉塊塊分明，也不需要這樣近距離壓迫啊，還有人的體溫沒有了衣物的阻隔也太高溫了吧！即使沒有直接碰觸，也感覺到熱度散發。

「你心虛了吧！」時燁這幾天滿肚子委屈總算透過欺負俞皓消解了一些，憤怒地捏著他的臉頰左右扯動了半晌才回到房內，坐在床上等著俞皓解釋跟賠罪。

「大、大爺你穿個衣服好不好？我的內褲、衣服都借你。」高溫來源遠離後，終於能找回自己的俞皓看著這傢伙毫不在意地盤坐，忍不住出聲央求。他實在無法自然地跟裸男正常對話啊，視線都不知道放哪。

「你的內褲我穿了很緊繃不舒服……都是因為你沒幫我帶衣服來！再說，我平常裸體你又不是沒看過，幹麼一直對我大呼小叫的。」時燁從俞皓的包包翻出他的運動褲穿上。

雖然還是赤裸上身，但比起全裸好上許多，俞皓也終於找回說話的餘裕，挺直背脊，聲音大了不少，「借你衣服穿已經很好了，還嫌！而且你竟然沒穿內褲就穿我運動褲！噁心死了你。」

時燁看俞皓小媳婦受虐樣蕩然無存，還敢教訓自己，忍不住出手抓了俞皓過來，兩臂用力勾緊對方。俞皓自然不會任由對方欺負，抓著對方腰部想要使力，但肌膚太光滑，沒有造成實質攻擊反而像是搔癢，恰巧這招對時燁很有用，怕癢的他連忙放開對方。

俞皓好不容易發現了時燁的弱點，當然沒有理由放過，主動跨騎壓上對方固定之後，搔著對方腰間，看著時燁左閃右閃的模樣得意地大笑。

兩人玩鬧之際，俞皓的門突然打開了。

「學長，我想一想覺得還是該跟你討論一下小孩（寵物）的教育方式……」嚴正宇推開門之後就看到俞皓騎在時燁身上，兩人還一副衣衫不整的模樣。

「下來。」嚴正宇面無表情地關了門，一個箭步就把俞皓從時燁身上拔起來。隔開兩人後，正宇整理著俞皓因為玩鬧而凌亂的衣襬，把不小心露出的腰間肉牢牢藏好，才有餘力賞個眼刀給時燁。

「你怎麼會在這？非相關人士不得進入。」一個挑眉，嚴正宇氣壓直降。

時燁跟自己的小夥伴玩得正開心，被打斷的不滿更因為與來人有宿怨而飆升，撐起身體不滿地開口，「俞皓邀請我的。」

時燁一句話把俞皓推上浪尖，學弟和同學兩人眼神不善，即使不明原因，俞皓也知道兩個人在等他選邊站，然後自己選哪一邊都會死。雖然神經大條，但原始本能還是指引了俞皓回答，「我聽說時燁也來這個營區度假，就聯絡了一下。」

「學長……我們是在集訓。」既然是自己心愛的學長邀請，正宇無法斥責只好低聲抗議，學長兩個字硬是聽出委屈的音頻。

「是你在集訓又不是俞皓要集訓，你不去練習來這偷懶幹麼？」時燁自然不會對嚴正宇撬牆角的行為坐視不管，聲音也拉低透露找碴的氛圍，一時間兩人眼刀相接，在空中相撞冒出大量火花。

「學長，我們去練習吧，我對於出手時機的判斷有一些問題想問你。」

「俞皓，我們去商店買冰吃，你請客。」

不約而同地，兩人眼神廝殺完之後，同時間對俞皓發出邀約。

一而再再而三的選邊站遊戲讓俞皓在心中叫苦，生硬地拍了下手假裝自己想到了什麼似地開口說，「啊，聽說田徑社也在這邊集訓欸，我們去看看紀安辛他們吧。」

接著不管兩個人的表情，一溜煙地打開門跑了出去。

見事主不負責任地落跑，兩人不滿又無奈之下只能跟著起身。嚴正宇看時燁蹲在地上翻揀著俞皓的外套套在身上，忍不住皺眉，「你會撐壞學長的衣服。」

時燁也覺得俞皓衣服尺寸太小，但又不能裸著身體出去，勉強穿好拉上拉鍊後肩線處繃得讓人難受，但依然嘴硬地說，「會嗎，我覺得剛好。」

看著時燁緊繃到極點的肩膀，似乎下一秒就會衣服爆開，為了學長的外套著想，正宇不甘願地脫下自己的外套遞給時燁，「……穿我的吧。」

時燁仰視著嚴正宇，想到變身成蜜袋鼯時受到的欺辱，站直了身子要和對方平視來個勢均力敵，沒想到就在這起身的瞬間，外套縫線就從肩線處應聲綻開，時燁線條優美的二頭肌大方亮相。

兩人無言地看著彼此，然後時燁默默伸手接過了嚴正宇的外套穿上，不甘心地發現尺寸還剛剛好。尷尬的兩人一路沉默著前往田徑社的集訓營地，然而途中嚴正宇被教練逮到，被捉去討論戰術，只能先跟教練離開。

獨行的時燁心中滿是委屈，接受敵人的援助這件事情實在太可恥，但沒穿內褲只穿不合身運動褲已經讓他萬分不自在，總不能真的裸體走出來，他決定把這一切都算在俞皓頭上。

時燁苦難來源的始作俑者正在人群中跳來跳去，一副不安分的模樣。時燁快步走上去一把攬住他的肩膀，用力捏了他的臉頰幾下表現自己的不滿。

「在幹麼？」時燁故意在俞皓耳邊壓低聲音詢問，還吹了口氣。

俞皓突然遭受攻擊，耳朵敏感的他全身起了雞皮疙瘩，想要掙脫卻一直失敗，只好乖乖地任由對方摟著，旋即一臉雀躍地分享自己的收穫，「江書恆收到情書啦！」

時燁看俞皓一臉興奮，還以為是什麼有趣事情，聽到原因之後只感覺十分無趣，反而起心動念捉弄起俞皓，不住地靠在他耳邊說話，「收到情書有什麼好手舞足蹈的，難道你沒收過？」

俞皓覺得癢，乾脆摀住耳朵，斜睨著這個條件優越的三好青年，一臉忿然，「你大帥哥當然不稀罕，但我們這種市井小民這輩子能收到一封就能說嘴一輩子了。」

「所以你覺得我帥？」時燁才不關心別人的情書，貼著俞皓的手背纏人地問。

俞皓覺得時燁一定是在欺負他，知道他耳朵怕癢還一直想靠近，說一些無意義的話題想讓他分心，他才不會上當！

他放下手隔開時燁往人群裡頭鑽去，讓時燁摟了一手空，心情鬱悶地散發低氣壓，身邊看熱鬧的同學扛不住紛紛鳥獸散，自然地替時燁打開了一條道路。

「咦，這不是時燁嗎？他怎麼會來這。」其中一個旁觀同學八卦了起來。

「很明顯，追著俞皓來的啊，不然被學弟拐走怎麼辦。」

「對，剛剛看都親到耳朵上了，宣示主權啊。」

時燁不管那些三人成虎的竊竊私語，手插在口袋一派光明磊落，絲毫不在意非運動社團成員的自己為何會突然出現在集訓地。再次找到俞皓的小身板後，毫不客氣地貼近，把頭靠在對方肩膀看著俞皓在幹麼。

俞皓搶到了情書正專心閱讀，沒有發現周遭氣氛變化，畢竟不管是動物還是人形，時燁總喜歡黏著他，他已經習慣了。一心只想要探究別人的八卦，沒有發現自己也成了八卦之一。

「喔～我親愛的親愛的書恆～」俞皓用著誇張的女高音朗讀情書內容，「你是我沙漠中的甘露、荊棘中的玫瑰，是我生命中絕無僅有的美好恩典。」

「別再討論了。」江書恆看陣仗越鬧越大，尷尬地想拿回信紙。

「幹麼不給看！」紀安辛翹著脣角，一臉促狹地擠在俞皓身邊跟著大聲朗誦，「想念你想念你好想念你，喜歡你喜歡你好喜歡你，我的心情不知道何去何從，只好化作翩翩文字，希望能降落你心。」

「哇塞，這情書實在好直接，太火辣了吧。」生平沒收過情書，也沒有什麼戀愛經驗的俞皓紅著臉興奮叫嚷。

「但我覺得這字跡實在很醜，那個女生字這麼醜，人可能也長得醜。」一個男同學看著情書上的字評論。

「你怎麼知道是女生，搞不好是男的。」另外一個田徑社員露出揶揄的笑容，「這次集訓不都是男生的運動社團嗎？」

「社團也有女生經理啊，聽說還有一個文藝社團也有來這集訓。」紀安辛分享著自己得到的情報，一臉壞笑地看著江書恆，「再說是男生寫的又怎樣，只能證明我們書恆哥魅力無邊，男女通殺啊。」

「大家熱鬧也看夠了，還是回去練習吧。不然等一下教練來又要罵人了。」江書恆頭痛地看著這一群宛如小學生般興奮的隊員，再次出聲阻止。身為副隊長的他在隊內還是有幾分威嚴，隊員們終於嘟嘟囔囔著四散。

「好啦、好啦，就你好孩子。」紀安辛看俞皓讀得認真，好奇地問，「這封信有什麼地方這麼值得鑽研啊？」

「我這輩子第一次在電視以外的地方看到情書，覺得很有趣啊。」俞皓不屬於田徑社，自然不用受到江書恆管轄，拿著信紙看得開心。

「就算這段感情不容於世，我也無法克制，想要對你傾訴。」時燁看俞皓紅著臉看得認真，分了點心看了內容，順口念了出聲。

「世界不承認我們的這份孤寂，就讓我一個人承受，但我希望你知道，我愛你我愛你我愛～你。」本來湊完熱鬧要回去練習的紀安辛聽到時燁說的，又湊回來搶了俞皓手上的信紙，怪聲怪氣地叫著，「都說了要一個人承受，卻又想跟人家說，這什麼心態啊。」

「夠了，別再鬧了。」江書恆一個拳頭敲在紀安辛頭上，把人連著情書一起帶走，俞皓看著他們遠去的身影，還能聽見紀安辛纏著江書恆問心得的吵鬧聲音。

「原來情書是這麼火辣的東西。」俞皓想起剛剛自己看到的直白內容紅了臉頰，好奇地猜，「不知道是什麼樣的女生寫出這麼熱情的文字。」

「他們剛不是說搞不好是男的。」時燁看著俞皓心生嚮往的模樣，忍不住想潑潑冷水。

「怎麼可能是男生寫的。」俞皓想也不想就否認了這個可能，「男生才不可能喜歡男生呢。」

「嗯？哪有不可能？」時燁沒想到會聽到這樣的答案，停下腳步看著俞皓。

「男生怎麼會喜歡男生？男生只能喜歡女生啊。」俞皓一臉理所當然地往前走著，笑著取笑時燁，「你是不是被我媽跟那些女生在看的書影響啦？那些都是假的啦，是商人為了賣錢炒作出來的。」

看著俞皓的背影，時燁不知道為什麼喉嚨有些發癢，乾澀地發出聲音，「現在都什麼世代了，你的觀念也太老舊。」

俞皓專心踢著自己腳邊的石子，沒有留意到時燁的認真注視，「我是有從電視上看到啦，但那些不會發生在我們周遭吧？」

「所以你不支持？」時燁跟著他的腳步前進，低聲地問著。

「我支持啊！他們一定很辛苦。」俞皓專心地想將石子踢得很遠。

「但你說男生只能喜歡女生。」時燁快速提出質問。

「大家不是都這樣的嗎？」俞皓停下踢石頭的腳步，回頭看著時燁，映照在夕陽下的時燁看不清表情。遲鈍的俞皓沒多想，只是直白地陳述著自己的想法，「正常來說應該是這樣的吧，所以那些不一樣的人很辛苦。」

時燁覺得拉到脖間的拉鍊貼著肉，金屬邊條扎人的觸感讓人煩躁，乾脆一鼓作氣地將拉鍊拉了下來，希望消除一些燥熱。

「欸，你幹麼！」俞皓看不清時燁臉上的表情，但裸露的肉體倒是看得很清楚，一個箭步上前將他的衣服拉攏，沒注意到四周瞬起的閃光。

看著這個隨心所欲的大爺面無表情，毫無羞恥心的模樣，俞皓皺眉咕噥著替他將拉鍊拉上去，「你忘了你裡面沒穿了嗎？」

「我覺得不舒服。」時燁任由俞皓在他身前動作，低聲說。

「我知道，裸體直接穿外套很不舒服是吧。咦，你這件外套不是我的吧？怎麼大小那麼剛好。」

時燁嘴角往下垂，把頭靠在俞皓垂下的頭頂上，微啞的聲音在俞皓耳旁環繞，「我心裡不舒服。」

「怎麼了？」那聲音中的一把委屈讓俞皓發現了時燁的異樣，任由他靠在頭頂上，關心地詢問。

「……因為你。」時燁用下巴摩娑著俞皓的髮旋，輕聲地抱怨。

「我怎麼了？我有定時餵飽你啊，雖然給你吃得少了點，但因為你前幾天是蜜袋鼯嘛，不用吃那麼多吧。」俞皓絞盡腦汁想著自己做過的壞事，只能想到這件。

時燁看著俞皓低垂著腦袋，往下注視著他的睫毛因為不安而扇動著，輕聲地嘆了口氣，接著說，「我沒東西吃、沒衣服穿，還要讓敵人施捨衣服。一切都是因為你，是誰跟我爸媽說會好好照顧我的？」

說完覺得委屈，憤憤地在俞皓耳朵上用力咬了一口。

「哇啊——很痛欸！」俞皓被突如其來的攻擊嚇到，高聲哀鳴，「早知道就不心疼你了，竟然咬我。」

「你會心疼我啊？那還這樣對我！」時燁聽到俞皓說會心疼他，心情頓時好了許多，只是嘴巴上還是要抱怨兩句，以免這傢伙忘了自己小弟的身分，爬到主人頭上還得意洋洋。

「不心疼你幹麼特別給你做吃的？雖然少了點，但我做得比較精緻啊。」完全不知道自己是小弟的俞皓揉著耳朵上的齒痕，嘖嘖抱怨著。

畢竟是自己養的寵物嘛，俞皓對於多給一顆蛋就是比較精緻的說法覺得心安理得。

被幾番甜言蜜語收買的時燁看著俞皓嘟著嘴巴揉耳朵的模樣有點可憐，伸手便幫他搓揉，語氣也軟了幾分，「我請你吃冰棒。」

「你這傢伙忘恩負義，成天窩在我身上還這樣！冷了就鑽我身體，熱了就蹲我頭上，餓了指使我做東西給你吃，三餐還管宵夜，你說我哪裡沒有好好照顧你！」說著感覺自己站得住腳，扠起了腰就給時燁擺臉色。

「……還不是因為你沒幫我帶衣服，我只能變成蜜袋鼯啊。」看俞皓依然臉色難看，時燁說話聲音帶著幾分討好。但俞皓深知時燁個性，要趁這個時候敲打他幾下，不然這趟集訓之旅一定會讓這大爺搞得烏煙瘴氣，為了自己的快樂暑假要硬起來，對抗惡勢力。

「惡勢力」看俞皓依然冷著臉，知道自己要示弱以求飼主垂憐；但時燁不是那種賣乖的個性，小動物的時候怎麼撒嬌都行，人形時燁卻是怎麼都拉不下臉。

「我覺得不舒服……」時燁低聲委屈說。

「裝可憐？我不會再上當了。」俞皓摸著自己耳朵，還心有餘悸。

「我沒穿內褲，涼涼的。」時燁一臉正經。

「……你說什麼啦！」俞皓張大眼睛，連忙捏住時燁的嘴巴，「光天化日之下，說這種話好嗎！你的男神形象呢！」

時燁被摀住嘴，無辜地看著俞皓眨眼，全然乖巧無害的樣子。

「……營區有商店賣內褲，我帶你去。」俞皓看著時燁一臉貴族優雅的模樣，咬牙切齒地認輸。看著氣呼呼的俞皓，時燁露出了微笑。

他自己也說不上來心情起伏的原因，或許他還沒想清楚，也或許他不敢面對，但他知道自己不打算放開眼前的人，希望他在意自己更久、更久一點。

夕陽拉長了兩人的影子融為一體，如電影般詩情畫意，卻被遠處啪擦啪擦的聲音干擾。

「妳拍到了嗎？」M子躲在樹叢中，一邊把風一邊興奮地低喊，「時燁大大突然扯開自己衣服欸！那八塊肌還有人魚線看得清清楚楚啊。」

「別吵、別吵。」A子瞇著眼睛轉動著鏡頭焦距，想要把兩人襯著夕陽的美好畫面攝入鏡頭，「距離這麼遠，妳又沒有鏡頭放大，怎麼看得清清楚楚。」

「我用心靈之眼啊。」M子一臉陶醉地看著兩人背影痴笑，「妳有拍到吧！時燁大大美好的胸肌、腹肌、八塊肌。」

「有是有啦……但我覺得好像不可以放上去分享。」A子調整鏡頭設法拍出兩人疑似借位牽手的畫面，「妳自己畫啦！變成是我們腦補好了。」

M子嘁嘴嚷嚷，「欸～可是我覺得我畫得沒有他們兩個人甜欸，真是官方逼死同人。」

「沒辦法啊！最近多了很多不守規矩的粉絲，絲毫不顧慮他們的隱私。那天皓皓上完廁所沒拉拉鍊的照片被瘋傳，還有人截圖局部放大！超壞的！」A子拍到了滿足的畫面，回頭看著M子生氣地說。

M子心虛地轉開視線，不敢說自己手機也有那組偷拍，她還特別放大檢查花色，靈感爆發量產了好幾組內褲相關同人圖，只能哈哈哈哈地乾笑著。

各方人士齊聚在這次的集訓宿營，俞皓與時燁註定風波不斷的暑假就此展開了。

第一章　夏天就是西瓜、小溪、少年裸體！

白天時燁變成蜜袋鼯跟著俞皓，看俞皓幫忙記錄球隊的數據以及提供訓練建議，下午俞皓幫球隊做點心的時候，他就在旁邊偷吃；晚上則是短暫變成人形跟俞皓玩遊戲吃宵夜，除了嚴正宇老愛欺負變成蜜袋鼯的他以外，假期可說過得十分愜意。

營區座落在整片山頭中央，設施非常齊全，有室內運動館及室外大體育場，是運動社團的集訓首選。除了體育設施完善以外，四周還有提供給一般遊客的露天露營區以及商店街，離開主營區有步道通往後山，翠綠樹蔭為悶熱的夏天帶來涼爽的休憩，鄰近還有一條小溪流可以戲水，因此教練也會視訓練情況，讓隊員放風、釋放壓力。

「雖然說是小溪流，但其實只是水塘吧……」俞皓興匆匆地換上泳褲、踩了夾腳拖，還拎了個西瓜，看到這個水深只及腳背的溪流，忍不住抱怨。

「太深的話，教練也不敢讓我們來吧。」嚴正宇穿著無袖運動背心，脫了鞋就走入溪水中，對俞皓伸手，「溫度很舒服，但石頭有點滑，學長下來的時候小心。」

「哇哇哇，水好涼喔。」俞皓聽說石頭有點滑就伸手牽住正宇，提心吊膽地踩入水中，「真的有點滑欸。正宇你多注意腳下，小心一點。」

「我喜歡學長關心我。」嚴正宇拉著他的手，依舊面無表情。

「不用客氣啦！萬一你受傷了，會影響球隊啊，教練會打死我的。」

「……學長不要說別人，看著我就好。」嚴正宇不太喜歡這個回答，皺起眉頭。

「這裡只有你在，我確實只能看著你啊？」俞皓疑惑地歪著腦袋。

「那學長為什麼要帶那傢伙來？」嚴正宇用力地拉了俞皓的手，「明明說好要陪我練習的。」

「呃，時燁他家剛好在這邊露營嘛！大家一起玩比較好玩啊。」俞皓這才意識到兩人牽著的手，想抽開卻掙不脫，只好由著。

話說其他隊員不是也說要來溪流玩水嗎？怎麼一個一個都離這麼遠？看著離兩人好幾公尺，聚集在另外一頭的隊員，俞皓困惑。

「喂！皓皓在看這邊了啦！」一個隊友發現後低聲嚷道。

「快往另外一邊看！」一群人整齊劃一地將身體轉向另一側。

「你們不會好奇大宇要跟皓皓說什麼嗎？」一個比較八卦的同學不停偷瞄，還用手機偷拍照跟群組朋友分享，他可是「蒸魚派」呢。

「管他們說什麼，我才不想惹禍上身，不管是大宇還是時燁都惹不起。」大個兒中鋒試圖抓住溪流中的小魚，但笨重的身體實在靈巧不起來，撲通一響跌入水中，惹得大家笑呵呵。

俞皓看另外一邊玩得興高采烈，也想過去，偏偏嚴正宇怎樣都不鬆手，他再遲鈍也知道對方有問題，只好晃著兩人牽著的手詢問：「正宇怎麼啦？是不是最近練習遇到什麼問題？」

嚴正宇看著俞皓關心的表情，在豔陽高照下一片晴朗，而自己的情緒卻是一片黑暗，那些說不出口的嫉妒只能變成無奈的低氣壓籠罩。他無法表達卻也不甘放手，就這樣盯著對方，看俞皓時而困惑地呼喚、時而無聊地晃著兩人相繫的手，正宇似乎在這樣迂迴的連結中獲得安慰。

時燁聽說要玩水，特別去商店街買了衣服，沒想到商店街的衣服又花又土，時燁花了很長時間才說服自己挑了件「我愛臺北」白T。他快步到溪流旁跟俞皓會合，才剛抵達就目擊俞皓和人親密牽手的模樣，好心情瞬間蒸發。

「俞皓。」時燁走向兩人，壓低著聲音叫喚，提醒兩人注意他的存在。

「啊，時燁！」俞皓看時燁來了，開心地想揮手，逼得嚴正宇只好鬆手。對於這個總是絆他一腳的程咬金，正宇實在恨不得一拳趕走。

「你不是說要先來冰鎮西瓜？結果？」時燁踢踢放在岸邊，被烘得熱熱的西瓜，一臉不爽地質問。

俞皓恍若大夢初醒，連忙跑到西瓜旁心痛地摸摸熨燙的表皮，蹲下身子把它放入溪水中滾動，試圖降溫。

「嗚，這個溪流太淺了啦！熱西瓜一定很噁心。」俞皓嘟噥著抱怨，兩手持續滾動著西瓜，希望讓四周都均勻降溫。

看著俞皓一臉沮喪，時燁和嚴正宇也到他身邊蹲下幫忙想辦法，三人邊潑水邊閒聊。嚴正宇死命地將話題引導到時燁不懂的ＮＢＡ新聞，時燁則一直說著二年級的課業進度。兩人針鋒相對互不相讓，而俞皓根本沒發現這場戰爭，只顧著擺弄著自己的寶貝西瓜，隨口應和兩人。

大個兒中鋒跌入水中後，運用自己平常的卡位技巧，一把將另一個隊友拉入水中。自己滑倒不打緊，非要眾樂樂不可。玩了一陣發現時燁也來了，看著那一頭三人詭異的情況，忍不住吐槽：「這麼恐怖的氣氛，你說誰敢過去？」

「還有誰，就是我們小巨人後衛皓皓啊！」一個隊友看了一眼後，佩服地讚嘆，「皓皓真的很厲害，這兩個傢伙可都是霸王龍等級的角色耶。」

「但現在跟大宇熟了以後，你們不會很想幫他加油嗎？」二年級的學長感嘆。

解決了嫌隙後，嚴正宇大幅調整了自己的球風，雖然依舊寡言但態度改善了很多，搭配他優異的技術，讓隊伍水平上升許多。這幾個運動男孩神經簡單，很迅速地便放下芥蒂，和學弟好上許多，因此比起不熟的時煒自然多偏袒一些。

「看他連蜜袋鼯的醋都吃，真的是挺可憐的。」另外一個隊友想到嚴正宇跟蜜袋鼯爭風吃醋的場面忍不住嘆氣。

「我們去幫正宇一個忙吧。皓皓是我們籃球社的，當然是社內優先、自產自銷。」隱藏在隊伍中的「蒸魚派」隊友相當具有執行力，吆喝著眾人往三人靠去。

「皓皓，我們來吃西瓜啦。」隊友們給自己找了個很合理的理由。

俞皓抬頭看向自己頭頂黑壓壓一片的陰影，開心地大叫，「正好！你們就這樣站著，西瓜晒不到太陽會涼得比較快。」

眾人為俞皓的奇葩思考愣了幾秒，不客氣地接連吐槽：

「白痴喔！我們乾站著也太累了吧？」

「你就算晒死我們也不會讓西瓜變冰好嗎？」
「是誰說要靠溪水冰鎮西瓜的，根本天方夜譚。」
「傻了吧，不會拿去廚房冰再拿來喔？」
從日本漫畫中直傳，俞皓自以為浪漫的川流冰鎮西瓜，被眾人你一言我一語地吐槽。他備感委屈地鼓起臉頰不說話，蹲在一邊的時燁和嚴正宇自然都發現了。
「用溪水冰西瓜是可行的，環保又節電。」嚴正宇面無表情地繼續撈水灑在西瓜表皮，臉不紅氣不喘地偏袒俞皓。
「不幫忙只會吵的人都不要吃。」時燁則是一臉寒氣地開口。
「我們幫忙我們幫忙！」大個兒中鋒體寬膽小，扛不住兩大霸王龍威脅的氣場，連忙拉著幾個高壯的人組成遮陽大隊，要其他人去幫忙向西瓜潑水。
於是籃球社十幾人就用他們高壯的身體，占據了小溪流一隅形成了一片奇怪光景。而田徑社的隊員們爬上後山，首當其衝就是這幅詭異的光景。
「你們在幹麼啊？在這邊看什麼？」其中一個田徑隊員好奇地向前看著陰影

處。

「喔，我們正在冰鎮西瓜。」俞皓從大夥腿間縫隙看到紀安辛正臭著臉，一手提著西瓜，另一手被江書恆抓住。感覺好友和自己有志一同，俞皓連忙開心地向他揮手，「你來這，我挪一個位置給你冰西瓜。」

聽到俞皓叫他，紀安辛連忙甩開正對他碎念的江書恆，看清楚了現況後，不由自主地張嘴吐槽，「哇靠，俞皓你智障啊。這樣潑西瓜要到哪一年才會變冰！你們籃球社還全員配合⁉」

紀安辛的吐槽直接又犀利，偏偏還正確得無法反駁。籃球社員欲哭無淚地繼續維持著鐵壁防守，扛著烈日給西瓜完美遮蔽。

「不行嗎？」又被吐槽讓俞皓悶悶不樂，看著紀安辛手上的西瓜質疑，「你那個西瓜呢？是作弊先冰好了嗎？」

「用冰箱冰的西瓜不好吃，人工感太重。」護學長心切的嚴正宇第一時間幫腔。

「用冰箱冰哪是作弊，是聰明好嗎！還人工感太重……你們是不是熱壞腦袋。」

紀安辛提著冰涼涼的西瓜，一臉炫耀地展示著。

「我看漫畫都是用溪水讓西瓜變涼的啊……」俞皓苦著臉不知該如何是好，忍不住望向時燁求救。

時燁接收到俞皓的小眼神，被選上的虛榮心瞬間膨脹，毫不猶豫地說：「沒關係，我們吃他們的。」

全場眾人無一不瞪大雙眼，為這番話感到不可思議。田徑社社員被時燁的無恥霸道震懾，想吃西瓜的籃球社則羞愧地在內心附議著。

「哇，虧你說得出口！」紀安辛抱著自己的西瓜，連忙搖頭。別人會怕時燁，他可不怕喔。

「一千塊跟你買。」時燁面無表情地看著西瓜，他已經快被熱暈了。不能吐槽俞皓愚蠢行徑的無奈跟想吃冰西瓜的渴望無限蔓延，乾脆使出大人的做法。

沒法靠熱情解決的，就靠錢吧。

「……當然好。」暑假花了一堆錢做造型的紀安辛正缺錢呢，聽到這金額連忙答應。

在眾人無奈、傻眼又欣喜的黑暗交易即將完成的瞬間，江書恆沒收了紀安辛的西瓜，還用手指彈了對方的腦門一下，要他收斂財迷心竅的表情。

「都是朋友不要談錢，大家一起吃吧。」江書恆露出成熟得體的微笑，大方地說，「用溪水冰鎮西瓜應該還是可行的，只要把石頭堆起來做一個窪坑，再找個陰影處把西瓜放在那，等一陣子應該就能吃了。」

「哇，太聰明了！我們都沒想到！」俞皓崇拜地看著江書恆，惹得嚴正宇和時燁不滿。明明剛剛還共患難呢，不稱讚他們居然稱讚起別人。

「呿！就你大方又聰明。」紀安辛的抱怨只換來江書恆的再次彈指教訓。

眾人窩在一起等著江書恆分西瓜，田徑社的人還帶來了大批水槍，分給籃球社的人一起玩。俞皓開心地搶了水槍，裝了水就往隊友身上射擊，槍少人多，沒有槍的人只能東躲西藏，最後自暴自棄坐在溪水中四處亂潑，弄得所有人都溼淋淋的。

上衣給溪水和汗水浸透，運動少年們精實的身體曲線畢露，時不時撩起上衣擰水露出一片腹肌，引得草叢處幾道可疑的閃光燈數現。

當有人首先不耐地脫去溼漉漉的上衣後，其他人也跟著效仿。嚴正宇爽快地脫掉上衣，古銅色的大塊肌膚展現，草叢處霎時激動地一片晃動，但專心玩耍的男孩們毫無所覺，只顧著大肆攻擊打鬧。

時燁和其他人不熟，也懶得周旋，只和俞皓玩著，因此一直待在他身邊最靠近的地方，偶爾還幫他擋了幾次攻擊，一身是水。他甩甩頭俐落地褪去那件老土的「我愛臺北」T，毫不在意地展示自己漂亮的肌肉線條，還用手指往後梳起遮蔽視線的瀏海。水珠順著肌膚一路往下，在豔陽照射中閃閃發亮，害得草叢又是躁動一片。水珠滑落人魚線，最終隱沒於短褲中時，草叢還開出了幾朵紅花。

俞皓看大家都脫成一片，拉了拉自己的紅T也想脫掉，結果才掀起露出一片肚皮就被時燁一把拉回，惹得俞皓一臉莫名其妙地看著對方。

「你別亂脫。」時燁皺著眉拉住他下襬阻止俞皓動作。

「為什麼？衣服黏在身上好難過，你都脫了，我為什麼不能脫？」俞皓想繼續動作卻被拉住衣襬。

「……你身材差，脫了不好看。」時燁左思右想沒有合理的理由，只好擠出這句地雷。

「我、我哪裡身材差！」俞皓惱羞地蹦跳，死命想扯開衣服證明。

「你看看四周，再看看自己的小身板。」時燁手牢牢地抓住俞皓衣襬。

俞皓轉頭看著四周，運動男兒的身材自然不在話下，個個從手臂到小腿都充滿鍛鍊的證據，就算不到肌理分明也曲線精實，陽光被他們的肌膚反射成一片麥色。俞皓拉開自己的衣領，從高強度訓練退出後，他確實偷懶沒持續運動。身材不如從前小有成績的狀態，膚色也白嫩，想著想著便悻悻然地放棄展示自己身材的打算了。

「可是溼衣服好黏喔……」俞皓委屈抱怨，拉著衣領搧風。

時燁的視線，透過身高優勢，得以穿越俞皓拉起的衣領，一覽無遺衣服內的情況。明明平常也沒有少看的身體，偏偏今天讓他心浮氣躁了起來。

「……別拉了，衣服都要壞了。」時燁乾脆把自己的衣服套在俞皓身上，「你穿我的，比較大件會舒服一點。」

「哪有差啊，都溼溼的啊！」俞皓不滿地想要掙脫，卻被時燁一把制伏，手伸入他腰腹處，硬是想將他本來的紅色T恤脫去。俞皓見反抗無效，乾脆放棄任憑對方擺弄。

「你說！哪裡有差？」俞皓看著自己身上略為鬆垮的衣服，無奈地問。

時燁正為剛才殘留於指尖的肌膚熱度躁動，被這麼一問趕緊回了神。只見俞皓一臉委屈、從自己寬大衣服下裸露而出的鎖骨、溼透的衣服貼身依舊，時燁心頭的煩躁感越漸劇烈，他感覺變身的渴望似乎變強了。

「這樣就對了。」時燁不耐地拉著他到放置西瓜的陰影處，找了個地方讓他坐下，「你在這邊待好，等等衣服就乾了。我覺得身體怪怪的，可能要找個地方變身釋放能量。」

「怎麼這麼突然！你沒事吧？」俞皓感覺到嚴重性立刻不敢再抱怨，瞪大眼睛仔細檢查對方。

「沒事……你去那邊跟西瓜玩，把自己晒乾。小心不要感冒了。」時燁皺著眉頭，伸手搓揉俞皓的溼髮，自己也不理解體內的躁動從何而來。

雖然很想吐槽要怎麼「跟西瓜玩」，但見時燁不舒服的表情，俞皓也就乖乖地坐好，一邊擔心地叮囑：

「變身之後不要亂跑喔。聽說這裡有山豬出沒呢！你找個地方變身完來找我？還是我跟你去？」

「我變完應該還要跑個幾圈才會釋放完全，自己去就行了。等等再來找你。」

「可是我們現在不能對話了，我怎麼知道是不是你啊？」

時燁從高處看著俞皓緊抓他褲角，一臉乖巧又擔心的模樣，心中的躁動再次湧上。勉強壓抑自己過快的心跳，時燁只是拍拍俞皓的頭。

「我會給你暗示的。」

看著時燁匆匆離開的背影，俞皓壓不住內心擔憂。一邊聽話地幫西瓜灑水、跟它玩，一邊想著該怎麼解決無法對話問題。

「乾脆今天壓倒時燁，直接交換體液試試看……」俞皓小聲地喃喃自語。

「皓皓你在幹麼？」紀安辛的聲音從旁邊冒出。

俞皓被神出鬼沒的紀安辛嚇了一跳，擔憂著自己剛剛脫口而出的話會不會洩漏時燁的祕密，反射性地回答：「我、我在跟西瓜玩。」

「啥？」

「沒有啦！我在躲太陽。」俞皓這才發現自己說了什麼蠢話，連忙轉移話題。

「你怎麼突然去染了頭髮？」

紀安辛玩累了，坐在俞皓身邊整理自己的頭髮。這個夏天才染的白金色髮絲在太陽照射下閃閃發光，紀安辛將自己兩側略長的頭髮梳到後方綁起，再重新整齊地夾上彩色髮夾。他對打理自己的外貌總是有所堅持，俞皓看著這一連串的複雜動作，專心到嘴巴都忘了閉上。

「怎樣，被哥帥呆了嗎？」看到俞皓一臉憨傻，紀安辛故作姿態地眨眨眼放電。

「你幹麼綁公主頭？那是女生在綁的欸。」俞皓沒有慧根接收電源，反而提出讓人惱羞的疑問。

「屁個公主頭！你懂不懂流行——沒有鏡子真麻煩。」紀安辛發現瀏海氣到又掉了下來，只好重新拿下髮夾整理。

「我看我十歲的表妹都說這個是公主的髮型啊。不過你這樣很好看啦！像外國小女孩。」俞皓一邊照顧著西瓜一邊評論。

「你的真誠讓人火大。」紀安辛忍不住伸手把俞皓頭髮弄得一團亂，長嘆了一口氣抱怨，「畢竟是大考前的最後一個暑假，也是最後的比賽……最後的高中生活，總覺得想叛逆一把，做一次自己想做的事。」

「但你會被老師抓喔，只能維持一個暑假，這樣很浪費錢吧？」沒有感受到紀安辛醞釀的青春惆悵，俞皓很現實地提醒。

「不要破壞我的浪漫！話說……你那衣服是時煒的吧？」紀安辛看著他身上顯眼的「我愛臺北」白T停了半晌。

「喔，對啊。你也怕身材不好不敢脫嗎？」俞皓點頭，看紀安辛雖然渾身溼透卻也沒有脫去上衣，覺得備感親切。

「屁咧！哥身材超好的！」紀安辛氣得腦熱，一把掀起上衣。雖然只是一片平坦，但確實也不差。紀安辛恢復理智後快速地拉回衣服，「我只是不想在大家面前裸露而已。」

「你是黃花大閨女嗎……還是江書恆會管你？」俞皓揶揄地戳戳對方臉頰。

「白痴欸。」說到江書恆，看著遠處和隊友打鬧一片，大方裸露上半身的傢伙，紀安辛就氣得撇嘴，「他自己脫成這樣哪會管我。」

「就是嘛！時煒憑什麼管我！」俞皓想到剛才受到的羞辱，跟著氣憤起來，「說我身材差不要脫，得意什麼！我不過就比他差了……一些部分而已。」想了下現實，俞皓說不出「沒差多少」這句話。

「他應該不是真的覺得你身材差才不讓你脫吧。」紀安辛雙手捧起臉頰，笑得一臉詭異。

「不然呢？」俞皓一臉莫名。

「你晚上壓下去就知道了。」紀安辛朝他眨眨眼，暗示著自己什麼都聽到了。

「哇！」俞皓連忙伸手擋著紀安辛的嘴，一臉嚴肅警告，「你可不能到處亂說喔，這是很嚴重的祕密。」

「我當然知道。」紀安辛翻了白眼，扯下他的手，「你聽說了嗎？江書恆又收到了一封情書。」

「真的假的？我沒聽說欸，他還真受歡迎。」正為自己成功保住時燁的祕密安心下來，俞皓樂於挖掘其他的八卦。

「……是嗎，你沒聽人家討論嗎？」紀安辛見俞皓的表情一臉愚蠢、馬上相信了，就噘起嘴小聲地嘀咕著，「這種事情一定傳得很快，所以那傢伙真的誰都沒說……」

「嗯？」俞皓以為對方在跟他說話，就靠近想聽得清楚些，卻被紀安辛一把推開。

「很熱耶，別靠我太近。」隨即又想到了什麼，諂媚地摟上俞皓的肩膀，「你幫我問問他怎麼想的好不好？但不要說是我跟你說的嘿。」

俞皓無言地看著紀安辛不准百姓點燈卻准州官放火的態度，疑惑地問：「你幹麼不自己問？」

「我跟他吵架啦。自從我染了這個頭髮，他就不停對我碎念，我才不要自投羅網。」紀安辛拔了岸邊的草，悶悶不樂地回答。

「什麼會被老師盯上、會給考官負面印象，像個老媽子一樣二十四小時念不停，煩死了。我不像他品學兼優，也沒多大的志向要考多好的學校，幹麼一直管我。」

「哎，就是關心你嘛。但你們那麼要好，不考同一間學校嗎？」

「怎麼可能考得上。反正天下無不散筵席，大家總是要分開的。」

「你們從小一起長大，要分開會很寂寞吧。」俞皓見平常吊兒郎當的紀安辛難得述說自己的煩惱，輕拍他肩膀安慰。

「總要習慣的。就算我選校不選系硬跟上，之後他結婚生子，還不是會跟我分開，總不可能帶著我入贅吧？」紀安辛起身，發現自己的瀏海又掉了，重複著夾上又夾下的動作，卻始終有幾撮落下，索性放棄，煩躁地撥亂了瀏海。

「啊——！我去跑一下。」他伸了伸懶腰，對天空大吼一聲，接著向遠處扮了個鬼臉後用力親了俞皓臉頰一下，然後一溜煙地跑掉了。

俞皓感到莫名，隨意擦了擦臉，留在原地摸著西瓜，感覺它似乎變得冰涼了許多，心滿意足地持續幫它潑水降溫，這時頂上又是一片陰影，俞皓抬頭看見江書恆微笑地看著他。

品學兼優的江書恆和時燁，兩人雖然同樣歸類於三好青年——功課好、長相好、家世好，但江書恆比時燁在師生間評價親和許多。兩人都有著公認俊俏的外表，只是和時燁宛如石膏雕刻的冰冷線條不同，江書恆端正的五官搭配上金邊眼鏡，看起來聰明又溫柔，醫生世家出身的背景再為他添加了幾分光采。

個性也和時煒的冰山鐵壁不同，江書恆待人處事圓滑謙和，在班上和社團都是受老師和同學信賴的幹部，和男女同學都能相處融洽，堪稱是面面俱到的典範。不過俞皓總感覺對方難以親近，始終沒要好起來，反而和紀安辛玩得比較愉快。

「皓皓在這邊照顧西瓜？好貼心。」江書恆說起話來語調總是溫和如沐春風，但俞皓不知道為什麼覺得緊張起來，想想這是他第一次和江書恆單獨相處。

對方自動地在俞皓身邊坐下，兩手愜意地往身後一撐，頭向後微仰，感受著日光照拂邊感嘆，「今天天氣真的很好呢。」

「對、對啊，天氣很好耶。」俞皓覺得這個對話展開實在莫名，不由自主地靠近西瓜多一點，為什麼他會覺得這個被評價為溫良恭儉讓代表的江書恆有侵略性呢？

打完招呼後，江書恆並沒有立刻接續話題，一派悠閒地哼著歌，享受日光沐浴。俞皓只好胡思亂想度過這段尷尬的沉默。他盯著江書恆脫衣更顯有料的裸體感嘆著，嚴正宇的肌肉以手臂二頭肌最為明顯，而時燁則是比例均衡，他尤其羨慕對方胸腹的分明肌理，沒事總想拍打個兩下，感受看看手感有多紮實。而江書恆可能因為田徑社的關係，比起上身，大腿肌更吸引俞皓的注意力，難怪大家總說他爆發力驚人。善於跑步的人似乎大腿肌肉會較為發達，就跟雞肉要好吃的話要選放山雞一樣……俞皓沒邏輯的神遊起來，露出了微笑。

「皓皓怎麼一直看著我？有什麼事情想問我嗎？」在被俞皓意淫許久之後，江書恆突然迎上俞皓目光，笑著問道。

「我覺得你的大腿肌很不錯……讓我有點想吃胖老爺的炸雞腿……」俞皓還沉浸在自己的思緒中，說完話才發現自己犯傻，連忙摀住嘴想當沒說過。

「哈哈哈哈哈哈！跟安安說的一樣，你真的很有趣。」江書恆無法控制地爆笑出聲。

俞皓第一次看到他笑成這樣，搔搔耳朵有點不好意思。感覺上和江書恆的距離沒那麼遠了，想起紀安辛硬塞給他的任務，出口問道：「聽說你又收到情書了？」

「……你聽安安說的？」江書恆停頓了幾秒，坐直身子微笑。

俞皓就算金魚腦也記得紀安辛在幾分鐘前的交代，看著西瓜支吾回答：「沒、沒有喔，我聽別人說的。」

「是有收到，但就是情書嘛。也不知道是誰寫的，一直被討論實在覺得有點不好意思。」江書恆點點頭，看來有點害羞。

「說得也是。不知道是誰還滿可怕的，而且搞不好是男的。」俞皓認同地點頭。

「男的也還好，只不希望是認識的。」江書恆聳肩，「以後還要見面多尷尬，全校都知道這人寫了情書給我。你想想，如果時燁寫情書給你，你要怎麼辦？」

「時燁……不行不行，太可怕了！」俞皓想了想時燁深情款款地給他寫情書的模樣，那些句子變成時燁的聲音低分貝地響起，讓他瞬間炸紅了臉猛搖頭。

「對吧。」江書恆微笑著看他，起身拍了拍自己短褲上的草屑，看著俞皓仰望著他，俯下身用手擦了擦他的臉頰，「你臉頰上沾到東西了。」

看著江書恆爽快離開，開始指揮隊友善後的模樣，俞皓後知後覺地想，應該是因為江書恆把眼鏡摘掉了，才會覺得對方壓迫感很重吧？那雙眼睛注視著人的時候，不知為何，似乎帶著點審視。

時燁去了哪裡呢？

俞皓感覺無聊，又怕衣服溼掉不想玩水。在這邊坐著澆西瓜好一陣子了，是不是能吃了啊？正當俞皓看著西瓜流口水的時候，嚴正宇終於擺脫那群忘了要自產自銷的學長們，得以脫身來找俞皓。

「學長，你在這。」嚴正宇望著俞皓，用著他特有的呼喚引起對方注意。看對方對他露出微笑，才逐步涉水靠近。

「喔，我在看我的西瓜涼了沒，想切來吃啦。」俞皓盯著西瓜評估是否到了最佳賞味時機。

嚴正宇只是一言不發地看著他，坐到俞皓身邊。

雖然同樣是沉默，但俞皓一點也不緊張，還指使對方幫忙潑水，「正宇幫我一起把西瓜弄涼，等等切大片的給你。」

嚴正宇乖巧地接手，認真地執行任務。即使是這麼蠢的事情，他依然甘之如飴。就像下午即使他知道該如何冰鎮西瓜才正確，也寧願陪學長一起犯傻。

「正宇有收過情書嗎？」俞皓撐著下巴，看著乖巧的學弟很是滿意，隨口問他。

「有。」嚴正宇點頭。

「果然！你也是受歡迎一族的！真可惡。」

「收到那種東西為什麼可惡？」嚴正宇困惑。

「唔……」俞皓看嚴正宇對於自己受歡迎不自知、不自矜的平淡模樣，感覺自己實在太幼稚了，癟著嘴環抱膝蓋抱怨，「也沒有，就羨慕嘛。」

「學長想要情書的話，我下次寫一封給你。」嚴正宇依然面不改色地直球示好。

「我要你這個臭男生寫的幹麼！當然想要收到可愛女生寫來的情書啊。」可惜俞皓的神經堪比大象腿還粗。

「沒有。」嚴正宇低頭澆著西瓜溪水，語調死板，「寫情書來的沒有可愛的，都又醜又凶又討厭。」嚴正宇毫無愧疚地抹黑他人。

「……這樣啊，你真辛苦。」單細胞生物俞皓頓時心情好多了，被那種恰查某喜歡也沒什麼好的嘛。他哼著愉快的曲調摸摸學弟的短髮，突然感覺泡在溪水中的腳背癢癢的。

低頭一看是條小魚正在輕啄他的腳。雖然不疼但癢癢的，俞皓挪腳想避開，沒料到那條小魚竟然不屈不撓地跟上了。

「這條小魚緊跟著我耶？」俞皓張大眼睛感覺新鮮，試了幾次，小魚都像認定他般跟隨著遊走，「牠想吃我腳皮嗎？聽說有的魚喜歡吃腳皮。」

嚴正宇對於任何把學長注意力搶走的東西，不管是人類還是動物都感到厭惡。赤腳踢了幾下水，故意製造出大波浪想嚇走牠，沒想到那條小魚還挺機靈，躲到俞皓腳邊藏匿了起來。

「唉唷，好有靈性喔——」俞皓驚喜的同時突然想到，這該不會是時燁吧！吃腳皮難道是暗示嗎!?對吼！這世界上哪會有沒事來討腳皮的魚呢！

嚴正宇看那條魚不順眼，大手一抓就撈了起來，還打算把牠丟到遠遠的地方去，俞皓一看連忙阻止，「欸欸欸，等等，那條魚給我！」

嚴正宇油鹽不進，但很聽學長的話，連忙將小魚當祭品雙手奉上，「學長要烤來吃嗎？這個感覺沒什麼油脂，應該不好吃。」

俞皓一聽對方想將時燁小魚烤來吃，連忙小心用手掌蓋住小魚，「牠、牠是我的寵物了！正宇你不要亂來喔。」

俞皓踢踢嚴正宇叫他去處理西瓜，他決定用西瓜皮把小魚裝回去。俞皓捧著小魚細心安慰，還不停親吻著，「不要怕啊，也不要生氣喔。等等餵你西瓜吃嘿。這樣親幾下有沒有用哇？不能溝通真的是太麻煩了。」

嚴正宇任勞任怨拿著兩大片西瓜跟西瓜皮做的碗回來，卻看見學長對半路撈到的小魚親膩的模樣，心情十分不爽，快步上前讓學長趕快把臭魚丟到西瓜碗中。

俞皓全副心神都在觀察小魚，想餵牠西瓜吃但對方不領情，俞皓忍不住遷怒在嚴正宇身上，「你看啦！你剛剛嚇到他，他不爽了啦。」

「學長……你對一條魚比對我好。」嚴正宇很沮喪，面無表情的臉垮了，俞皓似乎看見有隱形的耳朵垂了下來。

「唔、也不是這樣啦。」俞皓無法解釋這條魚的重要性。剛剛只想著要把時煒哄好，沒想到這下傷害到了學弟，換成要哄學弟了，偏偏時煒正看著呢，到時候鐵定又要變成對誰比較好的莫名選擇題。

「這、這條魚跟我小時候養的一模一樣，我看了覺得難過，感覺是牠投胎回來找我。」想不到好的回答，俞皓只好瞎掰。

「牠怎麼了？」理由尚可接受，而且嚴正宇樂於聽到俞皓的小時候趣事點滴，好奇地問。

「我幫牠換水的時候，不小心把牠沖到水管裡頭了……」俞皓隨口瞎掰的藉口哪有這麼細膩的設定。趕緊絞盡腦汁，想了想小時候跟魚有關的回憶，結結巴巴地回答。

「……」嚴正宇聽完之後沒有多說，只是憐憫地看了小魚幾眼。他覺得應該也是最後幾眼了，跟錯主人算牠倒楣，何必跟一條將死的小魚計較呢。

俞皓捧著西瓜小魚，快步地走回房間，一心擔憂著時燁的身體狀況。這麼貪吃的時燁不肯吃西瓜一定有問題！

匆匆忙忙回到單人房，一打開門卻看到大汗淋漓的時燁裸著上身坐在地板上，一臉筋疲力竭的模樣。

「你怎麼在這!?」俞皓看著西瓜小魚再看著時燁，數次來回質疑，「你不只會變身，還會分身嗎？」

「？」跑到脫力也無法緩解心中的煩躁，時燁抬眼看著這個讓他心神紛亂的罪魁禍首，心中無法辨別的情緒又升溫了，他甩甩頭當作打了個招呼。

這時，他瞧見俞皓手上捧著自己心心念念的西瓜，連忙起身想接過，或許可以降降火，「太好了，我要吃西瓜。」

「這不是西瓜啦！這是我的時燁小魚！」俞皓看時燁如狼似虎的侵略目光，害怕地將小魚環抱在懷中。

「什麼？我不吃生魚片的。」時燁搶過西瓜碗，疑惑裡面為什麼不是冰涼退火的西瓜，卻是一條塞牙縫都嫌不痛快的小魚。

「呃……我以為這條魚是你，就把牠帶回來了。」俞皓看著人形時燁恢復了理智，一臉尷尬地解釋。

「……我哪裡長得像這條蠢魚。」

「因為、因為這隻魚吃我腳皮，我以為是你給我的暗示嘛……」俞皓看著時燁熱得全身是汗的模樣，覺得自己的錯誤判斷好像會引來什麼不好的結果，緊張地結結巴巴。

「我怎麼可能會把吃腳皮當作暗示！」時燁搞不懂俞皓的神邏輯，整個人瀕臨暴怒邊緣。看著那條小魚跟空蕩蕩的西瓜碗，時燁抬起還墜著汗滴的下巴，一臉凶神惡煞地逼問，「我的西瓜呢？」

俞皓再遲鈍也知道自己完蛋了，捧著西瓜碗說不出口，只能退到門口邊，抵著牆壁試圖改變話題，「我們去買冰棒吃好不好？我請客喔！」

「西瓜！我要吃西瓜！」對西瓜產生急迫性需求的時燁瞇著眼睛逼近俞皓，啪地將身體疊上。

俞皓感受著對方手肘抵在牆壁上，整個人被納入對方範圍內，耳朵都碰觸到了對方手臂的熱度，平常的模樣就已經讓人受不了，何況現在壓上來的是渾身高溫的汗溼版本。他搞不懂自己這幾天怎麼老是被壁咚門咚，吞吞吐吐小聲地說，「西瓜被……吃、吃完了。」

什麼都好談，唯獨吃的不能談的男神時燁，瞪著俞皓沉默半晌，俯身一口咬住他的脖子，還用牙齒磨了幾下。鬆口後舔舔嘴脣，陰狠狠地道：「那就吃你消暑。」

看著時燁發紅的眼睛，還有滴落在他脖頸的熱汗，俞皓感覺像末日電影中被喪屍抓住一般恐怖，不自主地發出淒厲的叫喊。

「強○啊——救命啊——！」

第二章　口嫌體正直

向時燁認錯，加上將西瓜吃乾抹淨的罪行確鑿，在球隊結束練習的黃昏，俞皓環抱著蜜袋鼯時燁帶他去物色商店街美食。看著在自己懷中啾啾叫的蜜袋鼯，小爪子跋扈地指東指西的模樣，喜歡小動物的俞皓像個好爸爸一般縱容。

「球球想吃什麼～葛格都給你買喔～要不要吃西瓜啊～要不要吃冰棒啊～葛格什麼都買給你喔～」磨蹭著蜜袋鼯小小軟軟的身體，昨天遭受了慘烈教訓的俞皓格外珍惜時燁無法變成人形的自由時光。

雖然時燁受不了俞皓對著動物型態的自己說話時，老是智商下滑的蠢樣，但被人呵護寵愛的感覺很好，也就大爺般地癱軟在對方手心上，指指點點想要吃的東西。茶來伸手飯來張口的寵物生活固然愉快，但蜜袋鼯吃不了太多東西正是時燁唯一的不滿。熱狗只能吃一口、冰淇淋只能舔一下、茶葉蛋吃完蛋白就飽了，胃的容量實在無法配合時燁旺盛的食慾。

所以時燁就像個傲嬌的小女友一樣，什麼都想吃、然後只吃一口就丟給俞皓解決。無法浪費食物的俞皓在嘴裡塞滿食物，肚子圓滾滾鼓脹著的時候，委屈地領悟到，這就是自己會在夏天變胖的原因吧。

想起昨天在小溪流受到的恥笑，俞皓抱著昏昏欲睡的蜜袋鼯，打算來個飯後散步消化熱量。繞過幾條林間步道、走著走著人越來越少，一開始還大聲哼歌的俞皓在路燈從五十公分一盞變成幾公尺一盞後，終於發現自己迷路了，連忙搖醒時燁蜜袋鼯。

「球球我們迷路了！你趕快發揮野生動物的本能指路帶我們回家。」

吃飽喝足正睡得舒心的時燁蜜袋鼯被強制搖醒正不爽，偏偏凶手還在說蠢話，蜜袋鼯本身有沒有歸巢本能先不論，他可是人類好嗎！還有他剛剛在睡覺！什麼都沒看到怎麼可能認路！時燁蜜袋鼯不滿地朝俞皓啾啾叫了兩聲，但對方擺出一臉手足無措的可憐模樣，想要出拳的小爪子還是變成安慰性地拍拍，努力推敲四周環境線索，希望能找到路回去。

偏偏四周一片昏黑，縱使有路燈照耀，看起來還是前後一個樣。到底哪邊是通往商店街跟宿舍？時燁再聰明也無法分辨。

不過變成動物之後，聽覺能力上升了許多，遠處傳來的小小說話聲讓時燁往該處指去。就算不是正確方向，問路總好過自己亂走吧？

俞皓緊緊抱著時燁蜜袋鼯，漆黑的樹林間讓他緊張，總覺得下一秒就會有白衣女鬼來抓交替。時燁的存在變得格外重要，俞皓兩隻手掌掐著蜜袋鼯的腰身，把牠當成盾牌般架在臉前方，小心地前進。

時燁對此感到無言，但俞皓已經怕到雙手顫抖，他也不好再跟他計較，何況他們現在無法溝通，時燁蜜袋鼯只能伸出小舌頭舔舔俞皓的手指安慰他。

「你老是管我煩不煩啊！」

隨著距離靠近，原本小小的說話聲音逐漸清晰，時燁發覺對方語帶不善，連忙抓抓俞皓要他停住腳步。不能溝通的這些日子，兩人還是磨練出了幾分默契，俞皓心領神會連忙停下，還反射性地找個地方躲起來，讓時燁啼笑皆非。

「你如果不想被我管，就不要做蠢事。」

冰冷的聲線來自於兩位熟人，俞皓正想感動起身相認，就發覺兩人正在爭執，讓他快速縮回原地。只見紀安辛氣沖沖向前想離開，卻被江書恆一把抓住。

「我做了什麼蠢事？」紀安辛被抓著手臂，掙脫無效只能停下。

「把自己搞成這樣還說不蠢？染了一頭蠢金髮、跟社團經理胡鬧、來訓練營之後甚至夜不歸宿，賴在別人房間。」在外人面前一向溫柔客氣的江書恆，此刻竟咄咄逼人、毫不留情。

「怎樣，我就是一頭蠢金髮。」紀安心煩氣躁地揉亂自己的頭髮，漂白的金髮在路燈映照下更為顯眼，扠著腰挑釁。

俞皓看著眼前上演的八卦戲碼，興奮又緊張地把時燁蜜袋鼯擋在眼前遮臉，只露出一雙大眼睛偷窺。而時燁蜜袋鼯則被強迫坐在VIP席，被人以獅子王誕生的經典場景掐著欣賞這齣鬧劇。

「為什麼要故意讓我生氣？暑假前我說過染金髮很蠢，你就去染了金髮，對吧？」江書恆放開紀安辛的手，拿下眼鏡疲勞地揉捏著眉間。

「才、才沒有。」儘管紀安辛的意圖被戳破，依然否認。

「我們從小一起長大，怎麼可能不知道你在想什麼。」江書恆看紀安辛軟化下來，語調也跟著和緩，「我知道你在鬧彆扭，但不要傷害自己，我們會擔心的。」

「我沒有想要惹你生氣，只是覺得很煩，想做點什麼改變自己。」紀安辛吃軟不吃硬，看著江書恆關懷的目光，僵硬著點頭。

「最近成績無法突破讓你心煩了吧？你知道染了金髮也不會跑比較快啊。」

「我當然知道……只是想要勇敢一點。」紀安辛點頭，踢著腳邊的石頭小聲地解釋。

「染了金髮會變得勇敢嗎？」江書恆看著自己兒時玩伴滿頭亂髮，無奈地替他將頭髮整理好，守規矩的他實在無法忍受對方蓬頭垢面。

「我們當時看的電影不就是那樣嗎？主角染了金髮就得到了勇氣，最後跟喜歡的人一起考上了好學校。」

「電影是虛構的，只是為了激勵人心，現實怎麼可能這麼美好。」江書恆聽到紀安辛提醒後恍然大悟，無奈地說。

「這就跟求神問佛一樣，求個希望嘛。」

「求個希望？你最近是哪來這麼大的壓力？」江書恆困惑。

「……一直打不破個人最佳紀錄，最後的大賽也快到了，覺得很煩。我知道你會擔心，所以才不想讓你知道嘛！你碎念的程度比我爸還誇張，我爸說我的髮型很酷炫欸。」紀安辛惡意地撥亂江書恆剛幫他整理好的頭髮，看對方頭痛的表情就覺得心情舒爽。

「……我再給你幾天胡鬧的時間，之後你就要照我的行程表走知道嗎？」

「什麼行程表！我是要從軍嗎？」紀安辛聽到這番吩咐瞪大眼，不敢置信地嚷叫。

「本來參加社團就是為了要爭取加分，破不破紀錄也不是絕對必要的選項。重要的是你要跟我上同一間大學，現在不趕快補上進度，之後會更辛苦。」江書恆被他誇張的表情逗笑，再次不厭其煩地替他整理頭髮。

「拜託！我怎麼可能考得上你那間學校！」

「你答應過我，所以一定要做到。」

「我當時只是一時熱血，隨口說說而已。承諾就跟放屁一樣，噗一聲就沒啦。」紀安辛看著江書恆沉下臉色，知道對方真的生氣，連忙做出補救的保證，「但我會很努力考上附近的學校。」

「沒得選，就是我選的那間。飯後散步結束了，快回房間自主練習然後複習一下功課吧。」江書恆看看手錶，出口提醒。

「欸欸欸——不是說還有幾天緩刑嗎？沒這麼快要入伍吧，我還想再四處晃晃。」

「……老是拿你沒轍。八點三十分以前要回房間知道嗎？」江書恆皺著眉頭半晌，嘆了口氣。

「遵命！」紀安辛啪地併攏雙腳，單手做出軍人行禮姿勢，大聲應答。

江書恆再次從頭到尾檢視了他一番，把不順眼的地方都妥貼整理好，才甘心放他一個人，自己回房。

「……媽的，煩死人了。」乖巧的模樣在直到看不見江書恆的身影後立刻卸下，紀安辛對著一片黑暗自言自語，「我怎麼可能考得上那間學校啦！連要考上隔壁那間都需要奇蹟了好嗎！不顧我的妥協，只想聽到自己要的答案，根本暴君啊暴君！」

「我也覺得。你怎麼可能考得上他要上的學校。」俞皓看江書恆離開，站起身子向紀安辛搭話。

「哇！你想嚇死我喔？」紀安辛被突然的說話聲嚇到倒退三尺，看到俞皓的笑臉和緊抱在胸前的蜜袋鼯，才鬆懈下來對他翻了個白眼。

「我跟球球來散步啊，沒想到會遇到你們。」俞皓晃晃手上的時燁蜜袋鼯，能夠有人說話讓俞皓不那麼怕黑了，想說跟著紀安辛，順便打聽八卦，「你跟江書恆吵架啦？」

「對啦對啦，你少在那邊看熱鬧。」

紀安辛見俞皓一臉八卦，不爽地向前一步想掐住他的麻糬臉，沒想到距離一拉近就看見對方脖頸上清晰的齒痕，嚇得紀安辛收回作惡的手，揶揄道：「哇靠，你好歹遮掩一下吧？」

一直懶洋洋想睡覺的時燁蜜袋鼯注意到紀安辛的視線，機警地一溜煙鑽到俞皓的肩膀，巧妙地用蓬鬆的尾巴遮擋俞皓的脖頸處。

「你的蜜袋鼯比你還聰明欸。」紀安辛忍不住吐槽。

「對啊，他本來就比我聰明。」俞皓毫無自覺，還咧嘴大笑。

「唉……話說你不跟時燁膩在一起，一個人跑來這邊幹麼？」

「帶球球飯後散步，還好我不必自主練習跟複習功課，江書恆管你比我媽媽管的還多。」自動忽略對方的調侃，俞皓捧起蜜袋顱晃晃。

「少囉唆，我也只是敷衍敷衍他而已。」

「所以你還是想跟江書恆上同一所大學吧？不然也不會說要找附近的學校當備案。」俞皓想起白天和紀安辛的對話，好奇地問。

「……如果有可能的話當然還是想啊，但我怎麼可能考得上。」紀安辛哭喪著臉，隨意找了個空位坐下，盤腿示意俞皓一起，「你難道不會想跟時煒上同一間大學嗎？」

俞皓沒有思考過這個問題，歪著頭直覺回答，「沒有耶，我們程度差這麼多。」毫不沮喪的態度就算說的是實話也惹時煒不快，小爪子猛拍表示抗議，但力道太小，俞皓根本沒發現。

「考不上是一回事，想一起考上才是重點啊。」紀安辛手肘放在膝蓋上，撐著腦袋沮喪地說著內心的小祕密，「江書恆總是這樣篤定說要我考上他的第一志願，如果可以我當然也想，但事實上我就是考不上嘛。」

「去考考看，考不上再說啊？」俞皓不太懂他的苦惱。

「但我其實想上同一所大學啊。我是做不到，才說我不想的。」

「那你就照江書恆的行程表去做嘛，搞不好就考上了。」俞皓坐在地上，一邊用鼻子磨蹭著時燁蜜袋鼯的毛皮，一邊陪紀安辛閒聊。時燁蜜袋鼯因為下午太累，話題又太無聊，又再度呈現昏昏欲睡的狀態，懶得反抗也不回應地任由俞皓玩弄，難得乖巧的模樣讓俞皓揪心，更加興奮地擺弄著對方的小小身體。

「我做不到會讓他失望，所以乾脆說我不想做還比較好……」

「可是幹麼要這麼在意他失不失望啊？自己想不想做才是重點吧？」俞皓困惑地看著紀安辛。考試不是自己的事情嗎？江書恆又不是他媽，管他會不會失望。

「我媽在我五歲的時候過世，我爸又忙著工作沒時間管我，江書恆是我鄰居，從小都是他在管我，聽慣了他的安排，也習慣跟他一起混了。」紀安辛將下巴放在膝蓋上解釋著。

「你那天不是還說天下沒有不散的筵席？總是要分開的。」

「那是在逞強啊！真心渴求的事情是說不出口的。」紀安辛偏著頭看向俞皓。

可惜俞皓的粗神經沒有接收到，只顧著和時燁蜜袋鼯玩耍，還學著蜜袋鼯的聲音啾啾叫。看俞皓這樣，紀安辛覺得自己找他吐苦水真是最蠢的決定，站起身拍了拍自己屁股下的泥土，同時吐槽，「真不應該找你訴苦，簡直是對牛彈琴。」

俞皓有些心虛地摸摸鼻子，但他確實聽不懂也懶得聽紀安辛九彎十八拐的心思，連忙站起身想盡到身為朋友最基本的鼓勵，拍打他的肩膀說道：「有志者事竟成！我媽說努力就能夠解決大部分的困難！」

「謝謝你的敷衍。如果真的可以靠努力解決，我早就拿下破紀錄的分數然後保送大學啦！有些事情就是有極限。」紀安辛送俞皓一個白眼，捏著他的臉頰。

時燁蜜袋鼯被兩人擠壓，終於清醒了些，看著紀安辛入侵自己的領地，連忙拍打對方的手，獨占欲的表現被俞皓解讀為護主，忍不住得意。

紀安辛揉揉自己被攻擊的手背，見俞皓一臉我家寶寶真是棒的表情，忍不住吐槽，「就算你家蜜袋鼯再聰明，你脖子上的吻痕也沒這麼容易遮住。」

「咦……這不是吻痕啦！是這傢伙幹的。」俞皓這時才想起自己脖子上還有下午被時燁咬的傷口，連忙用手一遮，一邊舉起蜜袋鼯解釋，一邊後知後覺地發現自己已經頂著傷口逛了老半天。

「當我是傻子嗎，體型差這麼多。」看著蜜袋鼯小小的嘴巴和俞皓脖子上大大的傷口，紀安辛咕噥，「算了！我會幫你保守祕密，你也要喔。要八點半了，我先回去了！」

「喔。」俞皓看著紀安辛慌亂跑開的背影，想要說什麼卻已經來不及，只能舉起時燁蜜袋鼯和他對視，「好啦，救兵跑掉了。我們該怎麼找到回去的路呢？球球來發揮個歸巢本能吧。」

「你快變回蜜袋鼯啦。」俞皓洗完澡看到時燁趴在自己的床上玩手機遊戲，龐

大的體積占據了床大半面積，忍不住抱怨，「這張床是單人床，兩個人很擠。」
「白天變身夠久了，晚上我想恢復人形。誰教某人到現在都聽不懂我說什麼。」
時燁才不管他，連位置也不挪移，心中還有許多不滿。
「某人」心虛之下只能坐在床角擦頭髮，看著時燁頭髮還溼答答的，甚至滴到了床上，雞婆地拿過毛巾幫他擦拭。
「你怎麼不擦乾，萬一感冒怎麼辦？」
時燁閉起眼睛，挪動身體躺在俞皓的大腿上，任由對方動作，懶散地昏昏欲睡，這副大爺樣讓俞皓忍不住揶揄。
「真應該拍下你這副大爺樣給那些女生瞧瞧！她們迷戀的男神原來這麼懶惰。」
「你拍啊。」
「有比你更好命的人嗎？明明我們一樣大，為什麼我就要幫你做牛做馬。」俞皓看這傢伙無恥的模樣，用了點力想教訓一下時燁。然而，雖然被捏了幾下，時燁也不生氣，從鼻子發出慵懶的哼斥聲。

「別忘了你是僕人。」

「你才僕人！」反而是俞皓被刺激得翻臉，扔下毛巾站起身，害時燁無預警地摔到床上。

「要不是養出感情，我一定馬上遺棄你這個大型廢物！」

自從接受了時燁＝寵物的設定之後，不管是人形還是動物，俞皓都將時燁劃入了照顧範圍。因此俞皓覺得自己必須端正主人的威嚴，讓時燁知道輕重。

「……」時燁不懂俞皓哪根筋不對，但舒服的服務被打斷讓他不滿，拿出手機就開始播放影片。

『歐歐歐，我是二年三班俞皓，我是時燁大大可愛的寵物豬，願意為時燁大大做牛做馬歐歐歐。』

俞皓聽到那熟悉的聲音瞪大眼睛，不敢置信地大叫：「在我們經歷過這麼多事情之後，你竟然還留著這支影片！是不是朋友啊！」

「你是僕人。」時燁冷酷地宣告，報復性地拉扯俞皓的短褲，讓他一個重心不穩倒在床上，接著快速地將身體壓上，得意地微笑。

「你、你太過分了！別用卑鄙招數，有種光明正大比一場！輸了就給我把那支影片刪除。」俞皓被壓得喘不過氣，只能鬼叫。

「不要～」時燁翻身躺在俞皓身上開始滑手機，一派悠閒的態度讓俞皓氣到吐血。但他明白這傢伙吃軟不吃硬，只好換個口氣，模仿媽媽跟球球說話。

「小乖，你再壓在我身上，我就要死掉了喔。再不起身的話，明天就沒有飯飯吃喔。」

「你以為我真的是小寵物啊？趕快認輸，發誓之後乖乖當我的僕人，不准再和嚴正宇鬼混，我就考慮考慮。」時燁聽到俞皓這麼羞恥的哄人法，忍不住恥笑。

「好啦好啦！我是你大少爺的鏟屎官啦！」俞皓為了自尊心硬是給自己換個身分，時燁覺得欺負夠了也就讓開給俞皓起身，看著他頭髮淩亂、衣服鬆脫、內褲都露出來的狼狽模樣就覺得心情舒坦。

「你這傢伙就是愛撒嬌、愛吃醋，幹麼老是計較正宇的事情。」俞皓撥了撥自己半乾的頭髮，覺得自己真的太過溺愛寵物，不悅地碎念。

「我沒有吃醋，單純只是討厭嚴正宇。」雖然知道俞皓只是隨口取笑他，沒有認真的意思，但時燁撇頭急速否認。

俞皓拿起吹風機，在時燁渴望的目光下，輪流吹著彼此的頭髮。時燁舒服的瞇起眼睛，聽俞皓分享著自己聽到的八卦。

「聽說江書恆又收到第二封情書了耶。」

「喔，真受歡迎。」

「你又不是沒收過情書。」

「但我沒打開來看過。」時燁半躺下，窩回俞皓膝蓋上躺著。

「連看都不看會不會太無情啊，應該要珍惜人家的心意吧？」俞皓輕輕地捏了下時燁的鼻子。

「陌生人寫的內容有什麼看的意義嗎？你寫給我的話，我會看的。」時燁由著俞皓在溫熱的暖風及手掌的撥弄下，滿足地喟嘆。

床頭吵，床尾和，就在兩人低聲聊著各種無關緊要的話題時，外頭急促的敲門聲突然響起，讓兩人嚇了一跳。

「皓皓開門！」紀安辛的聲音伴隨著敲門聲傳來。

「怎麼了？」俞皓等時燁變回蜜袋鼯，才開門讓紀安辛進來，見他一臉緊張，疑惑問道。

「裡面沒人嗎？我剛聽到有人在講話欸？」紀安辛懷疑地環顧房內一圈。

「沒有人啊，我剛剛在講電話啦。」俞皓緊張地把時燁蜜袋鼯藏進自己的衣服裡，讓他不舒服地啾啾大叫抗議。

「你一邊吹頭髮一邊講電話聽得到嗎……算了，沒有人正好。」紀安辛看房間內確實沒有人，長嘆口氣後放鬆地躺到俞皓床上。

時燁蜜袋鼯試圖從衣領鑽出，俞皓重複將他按回去又鑽出來的打地鼠遊戲，兩人攻防不亦樂乎，俞皓心不在焉地詢問紀安辛來意。

「你們宿舍不是在另外一區嗎？怎麼跑到我這來？而且你不是有門禁嗎？」

「我有事想跟你請教。」紀安辛沒有正面回答俞皓的問題，彈跳坐起身後拉著俞皓的手，一臉凝重地回應。

俞皓看對方一臉嚴肅，連忙正襟危坐，暫且不管時熚蜜袋鼯鑽頭竄腦的搗亂行為，任由其爬到他頭上巴著。

「你跟時熚怎麼發展到那一步的？」紀安辛一改平日輕浮的語調，態度認真地詢問。

「啥？」俞皓一點也聽不懂，張大嘴發出疑問的單音。他跟時熚發展到哪一步了？

「情書……是我……寫的……」紀安辛焦躁地咬著自己嘴脣，吞吞吐吐地說。

時熚聽懂了，在俞皓頭上啾啾叫著，但可惜人鼯殊途、語言不通，俞皓依然不明白，再次重複了一次單音「啥？」。紀安辛寫了情書，所以呢？

「江書恆收到的情書是我寫的。我想問你當初怎麼追到時熚的！教教我。」紀安辛看俞皓一臉傻樣，知道迂迴暗示不管用，直接握住俞皓的手懇切地問道。

「我、我才沒有追時燁！」俞皓雖然腦子一片混亂，還是不忘先替自己澄清重要的部分。

「那就是時燁追你的嗎？可惡，真爽。」紀安辛用虎牙磨了下脣角，羨慕地逼問俞皓，「那時燁怎麼把你追到手的？」

「啾啾——」時燁奮力扯著俞皓的頭髮表示抗議。

「呃，他也沒追我。」在禿頭危機的壓力下，俞皓趕緊解釋。

「所以是自然而然發展？太幸運了吧……但我跟江書恆好像無法這樣，我就算裸體在他面前走來走去，他也無動於衷，色誘無效。」紀安辛沮喪。

「咦——色誘⁉」俞皓的腦袋迴路終於連接起一連串的關鍵字，激動地大叫，「你想要色誘江書恆？為什麼啊！」

「噓、噓！你小聲一點啦！我就是想試試看，他對男生有沒有反應或是興趣……」紀安辛摀住俞皓的嘴，嘟起嘴紅著臉說。

「怎麼可能會有反應啦！」俞皓瞪大眼睛，一臉不可思議。

「欸，你不要因為自己跟時燁發展順利就這樣喔。沒試過怎麼知道！你快跟我說你和時燁到底怎麼開始交往的啦，給我參考一下嘛。我想說就算考不上同一所學校，如果能變成另外一種關係，就能一直在一起啦！」

「你想跟江書恆交往⁉但是後我跟時燁沒有在交往啊！」俞皓被紀安辛帶來的勁爆消息弄昏了頭，不知道該把重點放在紀安辛的事還是自己跟時燁的事。

「屁啦！大家都說你們在交往欸，平常又老是這麼高調地黏在一起，你不用對我保密啦，欲蓋彌彰。」即使覺得俞皓是同盟，紀安辛對承認自己的心意還是有些害羞，只能用大動作翻白眼吐槽來遮掩。

「可、可是真的沒有啊。」俞皓用力搖頭。

「那是跟嚴正宇嗎？」紀安辛看俞皓一臉迷惑的樣子，似乎發覺了自己的莽撞，連忙再問起另外一個八卦主角。

時燁蜜袋鼯同樣被紀安辛的發言嚇了一跳，比起跟自己交往的緋聞，俞皓和嚴正宇的緋聞絕對不可原諒。他狠狠地拔了幾根俞皓的頭髮，惹得他哀叫著否認，

「沒有啦！你哪裡聽來的荒謬八卦啊。」

「咦……那你劈腿嗎？還是在玩欲擒故縱的遊戲？」

「我哪有！就是朋友跟學弟的普通相處啊！你是不是被那些女生影響了？她們老愛把我跟時燁亂配對，但那些都不是真的啊。」

「哪裡普通啊！你們看起來這麼親暱耶……還有脖子上的吻痕……這些都是誤會？怎麼可能啊！」紀安辛頹然地往後一躺，來時的一股衝動全然消散。

「所以，你……喜歡江書恆喔？」俞皓小心地斟酌用字。

「怎樣！你有什麼意見嗎？」紀安辛聽出他的小心翼翼，瞬間築起了警戒心，凶巴巴地說。

「沒有啦！我只是意外而已，畢竟我沒想過身邊真的有會喜歡男生的男生啊。」俞皓連忙搖頭。

他這番解釋硬生生地刺痛了紀安辛，想到江書恆看到情書時，說起『怎麼可能會是男生』的表情，焦躁地用虎牙磨著自已的下脣，對俞皓放話。

「就是有，就是我。怎樣，讓你噁心了嗎？」

俞皓看他情緒失控，有點害怕，連忙把時燁蜜袋鼯從頭上抓下來抱在胸前，不知道是想保護對方還是需要被保護，結巴地努力解釋：「我沒有覺得噁心啊。只是被嚇到了而已，正常來說不會特別想到嘛……」

「喔，抱歉……嚇到你了。」見俞皓一臉害怕，紀安辛發覺到自己的暴躁，小聲道歉。「但你不准說喔，不然會讓他困擾的！你如果敢說出去……」

俞皓連忙搖手表示自己不會這樣，時燁被他晃得暈頭轉向。

眼前一人一鼯無辜又不安，紀安辛忽然覺得自己太可笑了，用手臂偷偷遮掩泛起淚光的眼睛，啞著聲音對俞皓開起玩笑，「你如果敢亂說，我就跟人家說你不但跟時燁交往，還劈腿嚴正宇，玩弄他們的感情！」

「我本來就不會說啦，而且誰會相信那麼荒謬的事情啊，沒有人會關心我的八卦吧。」

「沒關係。雖然你一點也不重要，但時燁跟嚴正宇兩大校草絕對話題性十足，可以把我的八卦壓下去，萬一出什麼事就犧牲你吧。」紀安辛稍微平復了心情，紅著眼眶吸吸鼻子，對俞皓做了個鬼臉。

「欸！哪有這樣的啊。你不會說時燁跟嚴正宇就好，幹麼牽扯我！」

時燁本來窩在俞皓懷中看熱鬧，沒想到俞皓這個沒良心的為了脫離危險，竟然沒有義氣地要犧牲他，還想讓他跟嚴正宇鬧緋聞，氣得張口就咬住俞皓虎口，痛得他哀哀叫。

「看你這麼悠哉的樣子就不爽！」紀安辛抹抹鼻子就要離開，還不忘轉頭對俞皓放話，「詛咒你被時燁甩！」接著就甩門走了。

「什麼啊……」紀安辛風風火火地來了，丟了震撼彈又走了，最後留下這麼不討喜的詛咒，俞皓生氣地嘟噥。

「時燁這種傢伙，甩了我又怎樣，我才不在乎哩。」語畢，下一秒臉頰就被人高高捏起。

「我還沒跟你計較，你在這碎念什麼。」恢復成人形的時燁才套回內褲就聽到某人的嘟噥，氣得上前教訓他。

「計較什麼？」俞皓歪頭，一臉無辜。

「我是不能跟你心靈溝通，不代表我聽不懂人話。剛剛是誰想把我跟那傢伙湊作堆的？」穿回自己的衣服，時燁給他一個斜睨。

「欸，我隨便說說的嘛，你才愛計較。」俞皓揉著臉頰，苦惱地看著時燁，「沒想到真的有喜歡男生的男生，還是我的朋友呢。」

「本來就有，是你太大驚小怪。」時燁穿褲子的動作一頓。

「那我剛剛會不會很沒禮貌啊？我是真的沒想過會有人喜歡同性嘛。」

「會啊。你還一直說他不正常。」

「我哪有！我才沒有說這種過分的話。」

「你不是說『正常來說』沒有想過會有男生喜歡男生嗎？」

「一般來說不是這樣嗎？但我沒有說他不正常啊。」俞皓不知道問題在哪，可憐兮兮地抓著時燁的手臂，希望對方告訴他，傷害到朋友的自責讓他很難受。

「因為這句話表示他不屬於你所謂『正常』的範疇，所以會覺得你把他歸類到『不正常』。」

「我不是這個意思……只是沒想過這樣的事情……」俞皓不安地拿起手機，就想傳訊息給對方，半晌又看著時燁，「我要打什麼道歉文才好？」

「下次遇到的時候再說吧，先給他一點時間冷靜。」時燁看俞皓這副模樣，也覺得挺可憐的，伸手摸摸他的頭頂安慰。

「喔……好吧。」發生無法自己理解的情況時，俞皓是相當聽時燁話的。

看俞皓皺著臉苦惱了半天，時燁以為他還在自責，撥了撥他半乾還黏在額頭上的瀏海，輕輕敲了一下，「傻瓜，不用那麼糾結啦。」

「不是，我是在想你剛說的『飯仇』是什麼意思……白飯的飯嗎？還是你說飯桶？正常的飯桶是什麼啊？」

時燁溫柔的手指瞬間僵住，下一秒用力地彈向俞皓腦門，「我看你就是個大飯桶！」

「咦……我不恥下問欸，你幹麼這樣！」

時燁給了他一個白眼，決定放棄同情這個白痴，沒想到俞皓又拉著他的手臂。

「你跟我說說話啦，我覺得心裡很不舒服。」

「……怎樣，要聽床邊故事嗎？」

俞皓爬到被窩裡準備就寢，但張著眼睛緊盯著他，就像吵著要聽故事的小孩般，不禁令他莞爾。

「好啊，都可以。你說些什麼轉移我的注意力吧，不然我今天晚上可能會失眠。」

但時燁怎麼可能乖乖說床邊故事，他回想了下剛才發生的事，試探性地問了俞皓：「如果今天嚴正宇說喜歡你，你怎麼想？」

原本俞皓在被窩中舒舒服服地準備醞釀睡覺的情緒，被時燁這句「喜歡」嚇得張大眼睛。

「那句話有什麼意思嗎？不就跟我喜歡白菜或我喜歡冰棒一樣？」

「……我只是問問而已，如果嚴正宇對你說的喜歡不是白菜的那種，是紀安辛對江書恆那種呢？」時燁嘆氣，覺得俞皓智商實在太低。

「不知道耶……我沒有想過這種可能啊。」一聽只是假設，俞皓便安心地閉上眼睛隨便回答。

「那你現在想一想啊。」時燁看著某人即將昏昏欲睡，連忙搖了他兩下。

「哈啊……我覺得不會啦，這世界哪有這麼多『飯桶』。」俞皓已經呵欠連連。

「……你才是飯桶。」時燁放棄和他討論，回想今天發生的種種，心中特別有感觸，低著聲音詢問，「那如果是我，你會怎麼想……？」

半晌俞皓都沒有回答，時燁忐忑地回頭，發現某人張大嘴巴已經睡著了。從口水都即將蔓延而出的情況判斷，約莫已經陷入熟睡階段。

「說要聊天的人，一下子就睡著了……挑這種關鍵話題時刻，真是很會選時機裝死……算了，我問這些又要幹麼。」時燁無奈嘆氣。

自言自語了一會兒，時燁變身成蜜袋鼯一溜煙地踩著櫃子關了燈，熟練地爬回俞皓身邊準備睡覺，期間還『不小心』踩了俞皓好幾腳。

小爪子踏啊踏的，爬到了俞皓軟軟的髮絲旁——他最近的愛窩。時燁蜜袋鼯用小爪子摸了摸俞皓的臉夾，想著誰才是愛撒嬌的人啊。生氣地用力拍拍俞皓的臉頰，卻摸到了一爪溼，滿爪都是他的口水，讓時燁憤怒地啾啾嚎叫了起來。

俞皓被蜜袋鼯的淒厲叫聲驚醒，半夢半醒之間將蜜袋鼯抓回自己臉頰旁磨蹭安慰，「乖乖喔，晚上不能吵。不然你會被趕走的。」

時燁蜜袋鼯被俞皓抓得緊緊的，擠在臉頰和枕頭縫隙中動彈不得，渾身還沾滿俞皓臉頰上的口水，覺得自己變臭的時燁整個崩潰卻又無可奈何，心中只能再次抱怨自己到底為什麼要選上這傢伙。

自己的身邊發生了以為是電視劇才會上演的情節，俞皓受到了相當程度的衝

擊。

想要了解和無法了解的矛盾心情相互交疊，俞皓不知道該怎麼表現才好，雖然想和紀安辛說些什麼，卻碰不到面，讓他苦惱卻又矛盾地鬆了一口氣，緩慢思考著。

「學長？看你很沒精神的樣子，身體不舒服嗎？」嚴正宇看俞皓一直在發呆，連數據都沒記錄，趁著練習的空檔，擔憂地表示關心。

「嗯，在想一些事情。啊！抱歉，我有些分心了。」俞皓點頭，看著一片空白的紀錄表，尷尬的抓抓耳朵。

「怎麼了？」嚴正宇擔心地撩起他的瀏海，摸著俞皓的額頭看有沒有發燒，沒想到俞皓卻大動作地閃避對方的碰觸，從來沒發生過的拒絕讓兩人一陣尷尬。

「呃、抱歉，我嚇到了。」想起紀安辛昨晚的話，過度在意的俞皓下意識地躲避起同性的碰觸。

「嗯……」嚴正宇點頭，放下的手悄悄地握成拳，擔憂地看著俞皓魂不守舍的模樣，忍耐著不追問到底。

「正宇，你最近練習情況怎麼樣？」俞皓尷尬地轉移話題。

「還好，跟其他學長的搭配默契還要再加強。」

「默契這種事情不是三兩下能養成的，我跟你說說大家的習慣吧！」說到俞皓拿手的話題，瞬間便生龍活虎起來，分享了一堆資訊後，見學弟一語不發，才發覺自己可能話太多了，這樣讓人怎麼消化。

「用說的一定很難記住吧，今晚回房再一條一條寫給你。」俞皓拍著胸脯保證。

資訊量太大，嚴正宇確實沒有聽明白，沒想到俞皓還細心地願意幫他寫下來，感動之餘又投出直球，「我很喜歡為我著想的學長。」

「……正宇，男生不能隨便開口說什麼喜歡，會被誤會的。」沒想到平常總會笑呵呵略過的俞皓這次一本正經地回答。

「誤會什麼？」

「被、被誤會……你的喜歡是『那種』喜歡……」俞皓吞吞吐吐了半晌，不知道該怎麼解釋。

「哪種？」嚴正宇沒有體貼他的迂迴，一再直球逼近。

「男生跟男生那種啦！」俞皓被逼急了大喊。

「學長為什麼突然在意起這種事情？」嚴正宇還是不懂俞皓所說的「男生跟男生那種」是哪種，但此刻他更好奇的是俞皓的思考迴路為何轉變。

俞皓當然不可能供出紀安辛的事，只能結結巴巴地說不出完整的話。

「俞皓！」時燁這時的呼喚，對俞皓來說彷彿神救援。

「時燁！」

「老是在閒聊。」時燁跟俞皓約好晚上再去商店街吃一頓飽，特別回宿舍恢復人形後來接人，沒想到又看到兩個人黏答答的氣氛，語氣溫度驟降：「你們教練都不會覺得你打擾人家練習嗎？」

「我跟學長在討論球隊的事情。再說，非球隊隊員不得擅入練習場。」嚴正宇把俞皓的異樣暫時放一邊，決定先處理這個討厭鬼。

「很有道理。俞皓，非球隊隊員不得擅入，他在趕你。」時燁故作認同，接著拉著俞皓的手就走。

俞皓哭笑不得，但他也想逃避話題，就任由時燁拉著走了，但依然不忘朝學弟方向大喊，「正宇，我晚點再整理資料給你！」

「學長，再跟我說是哪種喜歡。」嚴正宇雖然想追上，但也知道自己還在練習中不能隨便離開，只能原地揮手回應。

俞皓聽得滑了一跤，全靠時燁牽著他的手才沒跌倒在地。俞皓突然感覺手上痛痛的，抬頭望向抓著他手的時燁問：「你幹麼掐我？」

時燁冷著臉，面無表情地拉著他一路走向商店街。俞皓跌跌撞撞地跟上，發現路邊的人都看著他們兩個人握著的手偷笑，連忙想抽開，沒想到對方裝作沒接收到，依舊一語不發地緊抓著他。

「欸欸欸，放手放手。」俞皓拉扯無效，只好出聲提醒。他知道時燁好像在生氣，但不知道原因。感覺是針對嚴正宇在鬧脾氣，但能不能不要牽著他的手，旁人的眼光很不舒服啊。

「時燁放手啦！」俞皓忍不住用力甩了兩下，「大家都在笑了，幹麼牽我啦。」

越看俞皓掙扎就越想做些讓他不開心的事情，這下時燁緩下腳步和俞皓並行，握著的手改為十指緊扣，把現在對什麼都敏感的俞皓逼出了一身雞皮疙瘩。

「幹麼幹麼！這樣牽手又不是情侶。」

時燁刻意拉著他的手前後擺動，讓四周注目的眼光更加聚集，俞皓發現甚至有人拿起手機對他們拍照，雖然四周還有另一些拿著大砲相機對著他們的人，但那些應該只是想拍風景照吧？

「你是不是腦袋撞到啊？」時燁的異常舉動讓俞皓忘了掙扎，茫然問道。

「怎麼說？」

時燁笑得一臉優雅，但俞皓看出裡頭藏了幾分咬牙切齒。

感覺時燁在生氣……？

求生雷達感應到危機，俞皓不求理解只求存活，直覺就是先開口說些好聽的。

「你知道商店街的章魚燒嗎？很好吃喔。等等帶你去。」

「……你什麼時候吃的？」然而時燁沒有被食物話題收買，聲線反而低了幾分。

「喔，就是那天你說要去釋放能量，正宇買給我的。真的很好吃喔！表面皮脆微焦香，內裡軟嫩濃郁，想到就流口水耶。」俞皓回憶著章魚燒的滋味，呼嚕呼嚕吸著口水，沒發現時燁的冷哼幾乎要讓溫度結凍。

「所以那傢伙剛剛說的是什麼意思？」時燁的低音又沉又重，散發著一觸即發的威脅。

「我覺得他一定是在整我！男生跟男生說喜歡，應該沒什麼特殊意思吧？我現在被紀安辛搞得有點敏感。」

「你也喜歡章魚燒、也喜歡你媽、也喜歡隔壁的狗不是嗎？喜歡就只是一種好感的表達而已。」時燁本來是帶著惡意牽俞皓的手，但看著他隨著自己甩手的節奏前後撲騰的模樣太可笑，也就沒想鬆開了。而單細胞俞皓的注意被時燁引開後，也就忘了自己本來介意什麼。

「你說的是沒錯……但總覺得怪怪的。那像我平常跟紀安辛勾肩搭背的，他會不會以為我喜歡他？唉唷，感覺就像是朋友突然說他變成女生了，我應該要跟他保持什麼距離才好啊？我從昨天開始一直想不通欸。」

「你從小就被灌輸男生喜歡女生才正常，所以才會這樣。同性戀也不代表只要同性別就隨便誰都好啊……還有我想他應該看不上你。」時燁停下腳步上下看了俞皓一眼。

「什麼看不上我！我哪裡不好了！」俞皓從時燁眼中讀到了鄙視，挺直了腰，縮起肚子，大聲回應。

「你沒有不好，只是他喜歡的是江書恆，不是你。」時燁看著憋氣佯裝帥氣的俞皓，忍不住想笑，「所以你不用想太多，如果紀安辛說他喜歡你，也只是喜歡西瓜那種喜歡。」

「你剛不是說喜歡只是好感的表達嗎？憑什麼我就是西瓜，那江書恆又是哪種的喜歡？香蕉嗎？」俞皓不爽自己跟西瓜劃上等號，邊走邊甩著時燁的手，牽手久了手心會黏黏的，讓他覺得不太舒服。

時燁看俞皓一直想掙脫，不動聲色地把人抓回自己旁邊，把兩人相握著的手拉到嘴邊，直接親在俞皓手背上，看著他低聲說，「是這種。」

俞皓簡直要被時燁嚇傻了，嘴巴開開合合地發不出聲音，只能來回看著時燁又看著自己的手。

「只是示範給你看而已。」時燁鬆手，故作大方地聳聳肩後，一個人往前離開。

「可惡，又被整了！」俞皓生氣地快步追上，還用頭用力撞了時燁的背，惹得時燁轉身掐住他的臉頰拉扯，再度上演兩小無猜的打鬧戲碼。

待兩人走得有點距離了，草叢裡無所不在的青春年華少女們，摀著自己的鼻子，艱難地匍匐而出。

「我本來還感覺氣氛有點怪怪的，怎麼突然就發糖了？」A子困惑地自言自語。

「手背親親啊！就這樣啾的親下去了。」M子興奮地拿著兩根掩藏用的樹枝揮舞。

「哼，時燁每次都在關鍵時刻出來攪局。如果不是時燁從中作梗，正宇跟皓皓就會進入喜歡是什麼的話題了！可惡！」另一名少女從另外一邊草叢中爬出，拔掉頭上黏滿樹葉的帽子，一把丟在地上嚷嚷抱怨。

「咦，這不是隔壁班的Y子嗎？」M子認出熟人，忍不住翻了白眼，小聲地跟A子說，「蒸魚派大手，小心點。」

爬牆雙魚派的A子當然認識Y子，心虛地看著鏡頭，假裝在檢查剛剛拍的照片，不敢多說話。

「他們只是在閒聊而已，喜歡什麼的，是妳腦補吧！我們時燁大大可是貨真價實地親了下去。」M子扠腰。

「呿！那只是在玩鬧而已，我們這邊是心靈層次探討問題，只差一步可能就要表白了。」Y子同樣也扠起了腰，還把頭仰得高高的。

「妳自己都說只是可能了，那就是龍蝦吃到飽囉。」M子不甘示弱，為了自己喜歡的CP當然要勇敢應戰。

「什麼是龍蝦吃到飽？」A子不懂。

「蝦嗑拼盤。」M子得意地解釋，「這種拿一成事實搭配九成腦補，就是蝦嗑。哼哼哼這麼蝦嗑，就回家自己寫吧。」

「你們那個才是蝦嗑！搞不好只是不小心碰到手背而已。」Y子氣急敗壞。

「我們親親手背之前，還牽牽了好久呢。」M子感覺自己勝券在握，下巴也抬高了一點。

「哼，牽手很普通吧！」Y子伸出自己的手，接著左手扣右手，「我每天也跟我姊妹牽手啊，食魚CP不過就是哥兒們，牽個手沒什麼。」

M子和Y子吵得不可開交，甚至互相丟擲樹葉。A子怕弄壞自己的器材，連忙閃到一邊，看著鏡頭下高清的照片，心滿意足。

「蝦嗑又沒關係，大家開心就好啊。」A子遠離戰場小聲地自言自語，看著嚴正宇凝視著俞皓的照片一陣竊笑，「唉唷唉唷，這視線根本充滿了愛啊！完全是大寫的寵溺！不愧是忠犬攻哇～晚上來寫獸人小短文好了！」

另一頭，少女戰爭一下就打累了，只剩下口舌之戰。

「我告訴妳，食魚才是REAL。我回去就把今天的見聞畫成四格漫畫！看誰厲害！」M子一邊給自己補粉一邊喊話。

「哼哼哼，蒸魚竹馬只是還沒覺醒。我回家不只畫四格，還做小動畫配音樂！」Y子整理自己凌亂的頭髮，把自己打理乾淨，又變成光鮮亮麗的模樣。

看了眼再度掐上的Y子和M子，A子無動於衷地繼續瀏覽剛剛拍的時燁和俞皓，「這我回去做成GIF檔吧。冰山攻的彆扭五連動圖，怎麼想都好可愛！還得煩惱要用十指交扣還是用親手背這張做桌布……」

酷夏的傍晚，女孩們不懂男孩們關係間細膩的暗潮洶湧，只顧著自個兒的腦補妄想。然而不知是幸還是不幸，妄想意外地似乎與現實有那麼一些接軌了。

第三章　心上人

『學長，晚餐後想找你討論數據資料，可以過去嗎？』

躺在床上邊玩遊戲邊吃自己手做三明治的俞皓，隨著社群軟體的來訊通知聲，念起訊息內容。在時燁津津有味還來不及下嚥的空檔，快速用醜貓貼圖回覆了『ＯＫ』。

時燁本來靠著俞皓吃著手做三明治，看著訊息突然體會味如嚼蠟的意思，撇撇嘴，伸手便搶過俞皓手上的殘食，不客氣地一口吞下。

「欸，你幹麼！我還沒吃完！」俞皓看時燁鼓著臉頰的模樣，氣急敗壞地大喊。

時燁也自知壞脾氣來得莫名，無話可說的情況下，乾脆將自己沒吃完的三明治塞到俞皓口中。

俞皓被時燁突然的餵食攻擊，差點一口噎死，連忙伸手接過。看著時燁鼓脹的臉頰，俞皓伸出食指戳著。

「你一定是那種別人的東西最好吃的個性！」

「我只是想試試看，味道是不是不一樣。」時燁終於解決了兩頰囤積的食物，毫無說服力地為自己行為辯解。

俞皓給他一個白眼，畢竟自己在製作的時候，這傢伙可是變身蜜袋鼯全程監看啊，口味怎麼可能會有差別。

「話說……你剛剛兩頰塞滿食物好像黃金鼠喔！下次變身成哈姆太郎吧，我們試試兩頰可以塞多少東西。」

「不要。」時燁看著俞皓一邊說蠢話一邊小口進食的模樣，覺得眼前的傢伙更像黃金鼠。

「為什麼不要？」俞皓想像著不足手掌大的黃金鼠在自己手中的小巧模樣，親手餵食讓牠臉頰吃到膨脹起來，光是想想都覺得可愛。

「你變一次嘛！我會給你很多小尺寸的小點心，都做你喜歡的口味，然後堆在那種有三四層迴旋設計的盤子上，你可以一路吃上去……」時燁聽到這有點心動，俞皓竟又腦洞大開，雙眼發光接著說：「旁邊我再幫你裝小小的滾輪跑！你吃完就上去那邊跑一跑，再繼續吃再繼續跑！一定很可愛！怎麼樣怎麼樣？」

「不可能！」但時燁只是冷酷地一口回絕。為什麼這傢伙老是想叫他去接飛盤跟跑滾輪！

「可是很可愛耶！你不想跑跑看嗎？我一直覺得你平常吃太多了，要運動才不會發胖喔。」俞皓不顧時燁臉色一黑，仍不屈不撓地想說服。

時燁本來只想當作沒聽到略過話題，沒想到俞皓竟然敢說他胖。不爽的時燁一個翻身將俞皓壓倒，用力掐著俞皓腰間肉，「你要不要先反省自己的三層油花。」

「可惡！你才有油花！我是精實瘦肉！」俞皓從時燁身下逃出，站起身掀開衣服。

時燁看著俞皓白嫩的肚皮，覺得有些燥熱，伸手將他衣服拉下來，不屑地拍打了他的肚皮兩下，發出了紮實的聲音，「是上好的西瓜。」

俞皓自己也聽到了聲音，哼了一聲，不想再繼續這個話題，拿起手機刷著新留言，突然發出了怪叫，將手機螢幕轉向時燁。

「時燁救命！紀安辛約我聊聊！」

時燁看著螢幕上紀安辛不像之前對話般活潑，而是使用了完整的標點符號、沒有貼圖、沒有疊字的訊息，反常的落差難怪讓俞皓驚慌失措。

「你就去聊聊啊，看他想說什麼。」時燁毫不關心地躺回床上刷自己手機。

「陪我去！」俞皓還沒想通要用什麼態度跟紀安辛相處，膽怯地拜託時燁陪伴壯膽。

「不要。」時燁懶洋洋地躺在床上點開喜歡的烹飪頻道。他對於別人的戀愛或是友情一點興趣也沒有。

「拜託啦拜託！你不覺得比起待在房間看這種無聊的烹飪節目，參與好朋友的煩惱更為重要嗎？」俞皓在旁邊哀號，可憐兮兮地趴在床邊看著時燁。

「這是你媽烹飪教室的節目。」時燁挑眉。

「呃……我們晚點回來看重播嘛！等集訓回家，叫我媽做給你吃！」俞皓看著影片上自家老媽的微笑，尷尬地搔搔頭。

「嗯——那你去學來做給我吃。」

「不要，那個看起來很麻煩欸。」俞皓看著今天的食譜「糖醋黃魚」，連忙搖手拒絕。他學做點心什麼的還可以，正式的料理總覺得油膩不想鑽研，反正他媽手藝那麼好，坐享其成就可以啦。

「你學，我就陪你去。」時燁覺得這是好好鍛鍊俞皓手藝的機會，就算自己吃不膩家常菜，但偶而還是想要大魚大肉一番，時燁甚至加碼祭出了自己的必殺技——「黃金鼠」。

「好好好！糖醋黃魚還是滷豬腳都可以！我要哈姆太郎！」本來俞皓還有點生

氣，覺得時燁談條件不夠朋友，結果聽到關鍵字後立刻點頭答應。

「哈姆哈姆～哈姆太郎！火腿火腿～火腿太郎！」俞皓轉過身等時燁變身準備出門，隨口唱起自己編的歌曲，「你等等要學哈姆太郎對我咪咪叫喔！一定可～愛的不得了哇！」

時燁聽著俞皓創作的蠢歌，忍不住疑惑自己怎麼這麼容易遷就俞皓。從小他不想做的事情是沒有人可以強迫他的，小時候就算親戚如何用糖果餅乾誘惑他也無動於衷，怎麼偏偏就這麼順著俞皓？哼，等等他絕對一聲也不吭，才不讓這傻瓜任意擺布！

脫得光溜溜的時燁在變身的前一秒，突然覺得不甘心，走到俞皓身後想咬他一口。沒想到俞皓感覺到了熱源靠近，反射性地轉身，讓低下頭的時燁一口咬在俞皓的嘴唇上——

……為什麼後頸肉這麼軟？

時燁察覺異樣後下移視線，才發現自己碰上的是俞皓的脣，心慌意亂的他秒變身成黃金鼠，張著圓溜的眼睛歪著頭狀似無辜，想要當作剛剛什麼事情都沒發生。

俞皓看著小小隻、只達自己腳背高的黃金鼠，萌心大悅也就忘了剛才的意外，迅速蹲下把黃金鼠捧起來磨蹭。

「喔喔喔！喔喔喔！怎麼辣麼可愛！是哈姆太郎！是火腿太郎啊！」俞皓不顧自己唇上微微透出的血珠，只管對時燁黃金鼠上下其手。

時燁是變成了黃金鼠，但並沒有失憶。他任由俞皓捧在掌心耍玩，視線專注在俞皓嘴唇上，淺淺的傷口一直提醒他事發原因。他小小的爪子按壓著自己的心口，感覺心臟跳得厲害，最近身體到底出了什麼狀況？

把玩了好一陣子，手機又響起新訊息的聲音，遲到了將近一個小時讓紀安辛大怒，俞皓趕緊捧著時燁黃金鼠一路狂奔到和紀安辛約定的運動場。

抵達運動場時已經快到六點，還好天色還未暗，俞皓迅速地找到了正在跑步的紀安辛身影，向他揮揮手。對方卻像是沒看到他一般，維持同樣的速度，逼得俞皓也只得提起腳步跟上。

「紀安辛！」俞皓把黃金鼠捧在胸前，小跑步追上。

「你終於來了。」紀安冷著臉瞪了俞皓一眼，「陪我一起跑一段吧。」

「咦咦——？」不顧俞皓的慘叫，紀安辛拖著他慢慢繞著操場跑。還好速度不快，俞皓還可以負荷，而時燁黃金鼠被抓著難受，一溜煙爬上了俞皓腦袋趴著。

「你已經跑了一個小時了？」看著紀安辛潮紅的臉和不停滴落的細汗，算算自己遲到的時間，俞皓有點心虛。

「兩個小時了吧。」紀安辛甩甩頭，看了下手錶。

「你跑了這麼久？」俞皓傻眼，「你今天已經訓練一整天了吧，這樣不會練習過度嗎？」

「我不跑起來，好像會做什麼傻事。」

「啥？」

「江書恆要交女朋友了。」紀安辛面無表情地抬頭。

「啥⁉」俞皓聽懂了，也嚇傻了，「女、女朋友？」

「嗯，那封情書把他的愛慕者全逼出來了。然後他發現裡面有一個女生，是他之前就滿欣賞的對象，說想試著交往看看。」紀安辛一邊跑著一邊感受心臟迸裂的疼痛感。告訴自己所有的疼痛都是因為運動超過了負荷，而不是因為心裡難受。

「那、那……」那你怎麼辦？俞皓想問卻又問不出口。

「本來就會有這一天，我早就預想過了。」紀安辛扯扯嘴角，「所以，你陪我跑一段吧，一個人跑像個傻瓜，兩個傻瓜好一點。」

「好！你要跑到幾點我都奉陪！」俞皓看紀安辛自嘲的表情，心裡跟著酸澀，慷慨激昂地握拳宣告奉陪到底。

黃金鼠時燁聽到俞皓傻瓜的承諾，敲打他想要提醒對方別忘了腳傷，可惜被跑步的震動幅度蓋了過去，俞皓全然無所覺。

「其實也沒什麼，誰都會遇到嘛。只是失戀了而已。」

自己一個人跑的時候，心中充滿著許多負面的想法，怨恨、惆悵甚至傷害自己等等各式各樣的想像不停在腦海上演。

然後俞皓來了，頭上還頂著黃金鼠。聽了自己傾倒的苦悶後，沒有一絲不願地陪跑，淤塞心中的負擔頓時減輕了一些，甚至能自嘲。

「有時候會想，就算沒機會，還是說出來吧？至少心裡痛快點。但我又怕因為自己是男生而讓他困擾。如果他覺得噁心怎麼辦？」一邊跑著，心中的防備似乎就瓦解了些，紀安辛吐露自己長久埋藏內心的祕密。

「我不想隱藏自己，但我也不敢說真話。所以我染了金髮。」

「染金髮的人很多啊？」俞皓聽不太懂，直率地問，「這不會奇怪，只是會被老師抓而已。」

「這是我的小小出櫃，我想告訴大家，我和你們以為的樣子是不一樣的。」紀安辛看著俞皓一臉不明白，不由得笑了，「對了，謝謝你在我愚蠢地暴露祕密之後，沒有說出去。我本來以為會傳得到處都知道，一直做惡夢。」

「我其實什麼都沒做……」俞皓不知道該怎麼回應，他本來也有很多想法，要不是時燁提醒他，粗神經的自己或許會不小心就做出讓紀安辛受傷的事情。

「謝謝你什麼都沒做。我雖然想表現自己真實的樣子，但又希望別人不要覺得我和他們不同，真是矛盾啊。」紀安辛嘆氣。

俞皓認真聽著紀安辛說著內心話，同時覺得自己的腳好像到了極限，看了時間又過了一個小時，太久沒有運動加上沒有熱身，雙腿有些顫抖。

俞皓停下腳步喘氣，一直窩在俞皓頭上聽著兩人談話的黃金鼠時燁察覺他的異樣，抓了抓他的頭髮。

「欸，皓皓別偷懶，才過了一個小時，這對你來說是小菜一碟吧。再陪我跑一下。」紀安辛看俞皓停下腳步，連忙把人抓住繼續跑下去。

「……好。」畢竟剛剛才放話說會奉陪到底，俞皓只能咬牙硬撐。雖然跑步速度不快，但腳踝逐漸傳來刺痛感，黃金鼠時燁感覺到異樣，爬到他肩膀上摸到了俞皓一臉冷汗。

「我們用走的吧？」俞皓腳有舊疾的情況一直沒有特別跟別人提過，現在這種情況更是說不出口，只能拖著腳步配合。

「皓皓你真的很遜欸。」紀安辛雖然取笑著俞皓，但他其實也跑到極限了，索性整個人大字仰躺在地，俞皓見狀也跟著躺下。

「太久沒跑了。」俞皓無奈。

紀安辛側頭看著疲憊不已、喘著粗氣的俞皓，還有在他身邊摸著俞皓的黃金鼠，覺得這畫面實在太有趣。回頭看向不知何時暗下的天空滿布星光，感受著自己劇烈的心跳，紀安辛突然大聲叫了起來。

「爽透了——！」

透支過度的俞皓望著突然大叫的紀安辛，已經無力管他了。他看著黃金鼠時燁坐在自己頭旁邊，葡萄似的大眼睛盯著俞皓看起來很關心，還用小小爪子摸著他的額頭像是在擦汗，心中相當感動。

「我很喜歡跑步，把汗流乾了，好像煩惱也減輕了。這是我唯一不聽江書恆的話，堅持要做的，沒想到他也跟著我一起加入田徑社。」手伸向天空，紀安辛不管旁邊正上演的人鼠情深，自己兀自說著。他實在累積太多祕密了。

「江書恆他爺爺是我爺爺的長官，我們從小就是鄰居，一起長大。我媽媽過世之後，我爸去外地工作，就把我留在爺爺家。江書恆就像我哥一樣一直照顧我、管教我，從補習到上哪一所高中都說要跟他一起。

「我一直勉強自己做到他想要的標準，但真的很累，好幾次都想放棄，但我不想讓他失望……話說他交了女朋友之後，也就不會管我這麼多了吧？這樣一想也滿好的。」

「我可以問嗎？」俞皓轉頭，「你什麼時候發覺自己喜歡江書恆的啊？畢竟他是男生耶……」

「說真的我也不知道。我沒想過自己會喜歡上同性，還喜歡上我的死黨，但等我意識到的時候，就已經到了這種程度。」紀安辛看著天空，像是回答又像是自語。

「那你怎麼意識到你喜歡他？會不會只是錯覺啊？」俞皓還無法真的理解「喜歡同性」是怎麼回事，忍不住多問了幾句。

「我、我對他有……」紀安辛遮著臉吞吞吐吐說，「生理反應。」

「喔……」討論到這個話題有點尷尬，黃金鼠時燁忍不住打了他鼻子一掌，俞皓摸摸鼻子不敢再問。

「你有過這種經驗嗎？」紀安辛覺得自己說了祕密，不甘心地逼問俞皓。

俞皓漲紅了臉，支支吾吾地說，「……我、我還沒有經驗。」

這個回答讓時燁和紀安辛一怔，轉頭看向俞皓。兩人驚訝的視線逼得俞皓翻身面向地板把自己隱藏起來。

「……因為還是小孩嗎？」紀安辛一臉若有所思地看著逃避話題的俞皓，「所以這麼遲鈍。」時燁黃金鼠在一旁點頭附和。

「才不是，是因為我之前一心專注在運動上！」俞皓生氣地反駁。

「你一定還沒長毛吧？難怪皮膚這麼光滑。」紀安辛挑眉，輕佻地上下掃了他一眼，開玩笑地說。

「我是早產兒，發育比較慢！」俞皓氣急敗壞地解釋，卻無意暴露了自己的祕密。

紀安辛被他的誠實給逗得開懷大笑。

俞皓後知後覺自己說了什麼，惱羞成怒地起身，捶捶自己還發軟的腳抱怨，「陪你這麼久還要取笑我，我要回去了！」

「好啦，我也要回去了。」紀安辛掏出自己的手機看了下時間，「江書恆打了幾十通電話來了，回去又要被教訓了。」

「現在才不到八點欸。他不是你哥是你爸吧？而且把你當女兒在管。」俞皓將爬到他肩膀的時燁黃金鼠抱起，幸災樂禍地取笑。

「白痴。」紀安辛綁好頭髮整理妥當，恢復成平常吊兒郎當的模樣，對他做了個鬼臉。

兩邊宿舍不同路，俞皓和紀安辛告別之後，抱著時燁黃金鼠走回自己宿舍。路上俞皓將時燁黃金鼠捧到自己眼前，盯著牠問：

「時燁，你長了嗎？」

時燁這時無比慶幸兩人無法溝通，裝作聽不懂地歪頭盯著一臉嚴肅的俞皓。

「毛，長了嗎？」俞皓掐著時燁黃金鼠大眼瞪小眼。

時燁不能理解這傢伙為何要逼問他這種事情，但他可不願意配合回答，一個扭身就從俞皓手中逃脫，迅速逃入步道旁的草叢。他感覺自己回答了這個問題後，俞皓可能會扒他褲子確認。

「時燁！趕快出來！」偏偏俞皓的死心眼發作，想要知道的事情非得問個明白，追著時燁黃金鼠逃離的方向撥開草叢想要捉牠。時燁黃金鼠見狀只能一直往深處鑽，兩人像玩捉迷藏般鬧了好一會兒，時燁累了才假裝被俞皓找到抓住。

俞皓跪在草叢中，渾身髒兮兮地捏著時燁黃金鼠得意地教訓：

「還敢跑，我可是人稱小偵探的俞皓，沒有我找不到的遺失物！快說你長了沒！」俞皓站起身子，一手抓著時燁黃金鼠，沒想到雙腿過度折騰無力，一個腳軟就往後摔倒，偏偏他們剛剛這樣一躲一追偏離了安全步道，不知覺中來到坡道邊緣，看似茂盛樹叢只是高樹頂端的細枝，這一跌就滾落山溝。

「唔！」俞皓沒想到背後毫無著地點，重重細枝被他的體重壓斷，宛如鞭笞打在背上非常疼痛。他咬緊牙關等待落地的一刻，緊緊用兩掌包住時燁黃金鼠壓在胸前，怕牠小小的身軀受到傷害。

幸好落差不算太高，落地後他強忍著疼痛，傷痕累累地想要爬起身卻發現無法施力。俞皓只能繼續躺在地上，鬆開雙掌檢查時燁黃金鼠的安危。

「時燁，你有受傷嗎？」

時燁從意外發生的瞬間就被俞皓緊緊地包在掌心、護在胸口，雖然有些被捏疼了，但比起眼前渾身是傷的傢伙，他毫髮無傷。一溜煙地竄出俞皓的掌握，瞬間變成人形，細細地檢查著俞皓的周身。臉頰被樹枝刮出許多傷口冒著血、白T破爛不堪都是撕裂痕、身體手肘更是青紫一片。

一定很痛吧？但俞皓第一時間卻是擔心他……

時燁心中滿是衝擊，說不出話來，只是愣看著俞皓。

反而俞皓看見時燁裸著身體卻一臉嚴肅的模樣，不自主地大笑，一笑牽扯了各處傷口又哀哀叫疼。

「傷成這樣還笑得出來？」時燁不敢移動俞皓的身體，只能跪在他身邊，擔心地看著他一下子笑，一下子哀號。

「因、因為你裸體嘛！」俞皓一邊扯著嘴角解釋一邊偷笑，「你長了啦，我看到了，哼。」

「……這種時候，你還有心思說這些!?」時燁簡直要被俞皓詭異的腦神經迴路氣死，一方面也為自己赤身裸體被觀察感到害羞，瞬間又變成了黃金鼠，隔絕某人不懷好意的眼光。

「真小氣！讓我看一下嘛！」俞皓噘嘴抱怨，「我現在動不了，也沒事幹。你不跟我說話很無聊欸。話說我們會在這裡待到什麼時候啊，會有人來救我們嗎？」

「咪！（閉嘴！）」時燁受不了俞皓的多嘴影響他思考如何取得救援，忍不住出聲制止他。

「好啦好啦——啊!?時、時燁，我剛剛好像聽得到你說話了！」

「咪？（真的？）」時燁黃金鼠疑惑，挪動身體到俞皓身邊再次叫喚，「咪咪咪（俞皓是笨蛋沒長毛。）」

「……你有毛了不起啊！這種話還不如不要聽懂！」俞皓沒想到時燁開口就往他痛處戳，憤然抱怨。

「咪！（真的能聽懂！）」時燁黃金鼠很開心，對著俞皓臉頰舔了兩下以示褒獎，「咪咪咪咪？（你的手機呢？）咪咪咪（我們打電話求援吧）。」

「手機在褲子口袋。哎唷，我還沒聽到哈姆太郎咪咪叫呢……」

「咪咪！（這一點都不重要！）」時燁黃金鼠不屑地哼了聲，將俞皓褲子口袋中的手機拖出，接著就悲劇地哀鳴，「咪咪！（手機螢幕裂開了）！」

「不——又壞了啊？我媽會宰了我的！」俞皓的手機已經在認識時燁這一年內受到兩次重大傷害，悲戚地哀號。

「咪咪（這不是重點！）咪咪咪咪咪？（該怎麼辦呢？）」時燁黃金鼠抬頭往上看，月明星稀，入夜後的溫度宜人，是個散步的好時機。但實際上這許久的時間都杳無人煙，沒有人可以求救。

「你爬得上去吧？如果變成貓咪的話。」俞皓躺在地上透過林蔭看著上方，無奈地說，「手機壞了、我又不能動，只能靠你脫困了。」

「咪（嗯……）」可是我不想離開你，不想在這個時候讓你離開我的視線。時燁看著俞皓，幾乎要脫口而出，但想到現在兩個人又能溝通趕緊吞回。他從俞皓口袋中咬出房門卡，變身成貓咪幾個跳躍上了樹，不放心地回頭。

「咪咪咪！（我快去快回！）」

「靠你了時燁大大！別忘惹大明湖畔的夏雨荷啊。」俞皓開朗地朝時燁揮了手，看著牠迅速往上跳躍移動，還拋了句網路愛說的流行語噁心了時燁一把，害時燁貓咪差點腳滑。

濃密的樹枝錯落，時燁貓咪順利地連續跳躍回到了步道，看著下方已經看不清的身影，時燁咬牙飛奔離開。再不捨他都得理智行動，趕快找到人救援俞皓。

俞皓是傻瓜，世界上最傻的那種，但也是對他最好的那種。

時燁貓咪迅速地跳躍疾馳，渾然不顧路上任何的障礙，一心只想以最快的速度回到宿舍找到人來幫助俞皓。不若往常變身成動物的小心，這次他一路直行。無奈路上遇到了一群野狗擋路，時燁貓咪卻不選擇繞路硬是快速闖過，野狗一路追隨攻擊，時燁第一次不顧可能的危險，變身成黑豹，大聲吼叫威嚇野狗後加速前進。

黑豹的前進速度快上了許多，在離開無人之地後，時燁再次不遮掩地直接變身成貓咪。

他知道這樣不顧後果的頻繁變身，一定會引發身上的警報器波動，但他管不了這麼多了，之後再想辦法解釋糊弄過去吧。俞皓在那樣緊急的情況優先保護著他，他怎麼能不回報？一想到對方不能動彈卻還嘻皮笑臉的模樣，時燁就覺得難受。

心思混亂間，時燁終於抵達了宿舍門前，他一個跳躍利用口中咬著的房門卡感應門鎖順利地開門入內，再回復成人形找到自己的手機，撥打電話求援。匆匆忙穿上衣服後跑出門，他要親自看到俞皓安全被救出才安心。

「喂，學長呢？」攔住時燁的是嚴正宇。他和俞皓約好後卻再也聯絡不上對方，親自來找人也撲了空，按了門鈴都無人應答。他非常確定房內沒有人在，卻親眼看見一隻貓咪開了門，接著沒多久，時燁就從房間出來，這一切實在太奇怪了。

「我沒時間跟你解釋。」時燁繞過嚴正宇快步地跑向目的地，同步接通電話再次確保救援能在最快的時間抵達。

嚴正宇心中有著滿腹疑惑，但他從時燁的通話中也知道了俞皓的狀況不妙，不再追究自己看到的異樣，跟著時燁跑到現場。

兩人抵達時，救援隊正小心地將俞皓吊上來。

俞皓精神還不錯，被放到平地後，對時燁擠眉弄眼，「時燁你太厲害了，超快就回來找我了！」

「白痴……」看俞皓被救援人員綁得跟粽子一樣還一臉興高采烈，放下心的時燁終於有心情吐槽他了。

「學長！你怎麼回事？」嚴正宇臉色鐵青地衝到俞皓身邊，看著救援人員忙東忙西，渾身慘烈的模樣讓他激動地詢問。

「咦咦？正宇你怎麼會在這……？」俞皓剛剛根本沒看見嚴正宇，發現學弟擔憂的表情後，尷尬地解釋，「我不小心從步道摔下去了，自己爬不上來，還好時燁迅速找了人來救我，不然我可能要在那邊躺到白天呢。」

「學長跟我約好晚上要分析數據，我到了之後就看到他衝出來，然後就跟著一起到這邊了……」嚴正宇吞回自己看到貓咪開門的事情，總覺得事情哪裡怪怪的。

「還好這位同學的朋友即時求救，否則在山裡待一天可能會失溫呢。」救援人員大力稱讚時燁。

「是啊是啊！我的手機摔壞了不能打電話，我們當時都要嚇死了！還好時燁趕快跑回宿舍找人來幫忙，不然我可能就死在那邊了。」

「別亂說話詛咒自己。」時燁一路變身狂奔自然疲累不堪，但看著俞皓即時得救更為重要。大汗淋漓的他在一旁平復呼吸，他全副心神都在看著救護人員為俞皓檢查傷處，遺漏了嚴正宇審視的眼光。

如果學長跌落山谷的時候，時燁也在身旁，那他怎麼上來的？是爬上來的？還是在步道看著學長跌落的？如果是這樣，比起跑回宿舍求救，路途應該會經過更多商家可以聯絡吧！還有分明沒有看到他進了房間，卻從房間拿著手機出來……

不，有一隻貓先開了門進房間。

嚴正宇心中滿是疑惑還有荒謬猜想，但在這個節骨眼，他依舊沉默，只是看著時燁和俞皓上了救護車。

幸好俞皓的不能動彈只是暫時的。

滿身傷痕看似可怕，還好只是皮肉傷。除了腳踝的舊傷復發以外，就是驚嚇過度以及受寒發燒。折騰一通後回到了俞皓的房間，時燁對外用照顧俞皓的理由，順理成章地以人形留下來。

俞皓昏昏沉沉地躺在床上，感覺全身熱呼呼的。眼角餘光看著時燁繃著一張臉走來走去地張羅著照顧他，傻傻地咧開嘴笑。

「呵呵。」

「笑什麼？把自己搞成這樣還笑得出來？」時燁為他準備了冰枕，又怕太冷用毛巾包了起來，不擅長照顧人的他手忙腳亂，俞皓快樂的笑聲聽起來特別蠢又刺耳。

「那是意外嘛。」俞皓心眼很大，反而覺得因禍得福，享受了一把時燁少爺的服侍，「難得被你照顧挺爽的。」

「這有什麼好開心的。你知道自己腳上有傷還要硬陪紀安辛跑步，腳不舒服了還要硬撐著追我，後來會掉下去都是自找的。」

「哎唷，當下怎麼可能拒絕他啊。然後你不准罵我，你不要跑我就不用追你啦，所以掉下去的事情你也有責任，你要照顧我喔。」俞皓才不認錯，反而賴給時燁，想要享受照顧久一點。

「嗯，我的錯。」把俞皓今天的不幸歸咎在自己身上，時燁抱著賠罪的心情照顧傷患。他邊溫柔地把冰枕貼在俞皓額頭上，邊用手測量著俞皓的臉頰溫度。被冰枕弄得涼涼的手掌很得俞皓歡心，微微挪動著自己臉頰想讓涼爽平均，乖巧依賴的模樣讓時燁心頭突然一揪，慌忙之下一個用力就往俞皓臉上一拍。

「唉唷！時燁你幹麼。」俞皓突然遭受攻擊大聲哀號。

「少得寸進尺。」時燁在俞皓臉頰貼了涼感貼布，也給自己額頭貼了一片。

「你幹麼也貼？」

「可能被你傳染了。」時燁在自己額頭貼了一片、胸口也貼了一片之後，感覺燥熱下降才有心情回答俞皓。

「我又不是感冒！會傳染嗎？」俞皓困惑。

「也有可能我感冒了。」

「你是不是太累了啊？要不要上來跟我擠一擠，躺著休息一下？」聽時燁說不舒服，俞皓馬上體貼地挪動了身子想分他位置躺。

「……算了吧，那個床躺兩個人太擠，都會不舒服。」時燁盤腿坐在地上，上半身靠向床沿，撐起臉頰看著俞皓紅通通的臉頰，伸出手指戳著玩弄。

「總感覺發生了好多事。我都還沒消化紀安辛的事，他就失戀了。還沒回過神來，我又掉到山溝，還好都只是皮肉傷，差點以為是最後一天了。」

「你已經說過很多遍了，還是趕快休息吧。」時燁捏捏俞皓的臉頰提醒，但手上柔軟紮實的觸感和如同麻糬般的彈性，讓時燁一捏上癮、無法停止。

「你這樣弄我怎麼可能睡得著……」俞皓閉著眼睛隨口應和，「不過到底是為什麼我們突然又能對話了啊？」

「不知道。」時燁捏上癮了，沒有多理會俞皓的問題，只顧著左右開弓，輪流捏起他的臉頰。看鼓鼓的頰肉被捏起彈開的震動覺得很是療癒。

「是不是因為上午的時候你親到我的關係？」俞皓想到了可能，開心地睜開眼睛、笑瞇瞇地看著時燁。

「才不是——」時燁被他突來的發言嚇了一跳，直覺地反駁。但隨即看到俞皓彎彎的笑眼，朦朧的神情顯示他只是隨口胡說，根本沒有意識到「親」這個字的意義。

「才不是，應該是因為心靈再次相通了吧。」時燁心情複雜地用力掐了他兩下。

「啥？你在開玩笑喔？這什麼肉麻的原因啊。」俞皓噴笑。

「比親到就能對話來得合理吧？摔落山溝的時候，我一直想著如果能和你溝通就好了。」時燁嘆了口氣，再次輸給俞皓的腦迴路。被親到恢復……怎麼想都更肉麻吧？

「你這個說法好噁心喔，又不是在演電影，還心靈相通咧。我覺得怎麼想都是親到了、然後交換口水變好了。所以我才一直叫你再咬兩下的，你不聽才會拖到今天才好。」

時燁看著俞皓瞇起因為發燒而水光潤潤的眼睛，懶洋洋地抱怨。那一副小表情讓他有點心動，不由自主地俯身向前，手指碰觸著俞皓還留有傷痕的唇角，輕輕地點著。

「你——」時燁也不知道自己想說什麼，只是一股衝動想要更靠近俞皓，然而這未完的話語終結在一陣溼潤的疼痛中。又閉上眼睛的俞皓張嘴含住時燁的手指，下一秒輕輕地咬了他一口，嘴上還嘟噥著抱怨。

「你一直弄我好煩啊，我會咬你喔。」

「……」時燁看著自己滿是口水的食指，什麼複雜心思都沒了，只管將口水抹在俞皓臉上，還用力地掐了一把。

「哎喲，你又捏我。」俞皓側身把口水抹在枕頭上，「我躺在地上不能動彈，又看著你離開的那時候，真的覺得不知該如何是好……

「腦子裡千頭萬緒……你會不會在找到救兵前就被熊吃掉、會不會被螞蟻搬走、會不會我其實傷得很重半身不遂、會不會……你就這樣不回來了？」俞皓插科打諢間透露出自己的不安與恐懼。

「我才不會！我一直都想著要更快回到你身邊。」聽到俞皓荒謬的想像，時燁馬上皺眉反駁。

「我知道啦，後來才知道我根本沒等多久。」俞皓笑著補充，「只是一個人真的會胡思亂想，還以為過了幾個小時了呢。」

「是我的錯，我不應該跑到步道邊的……以後我不會再這樣了。」

「欸，我也有錯啦。我確實高估了自己的狀態。人在這種時候啊，真的會有人生的跑馬燈出現耶。雖然我的人生還不夠長，但回想起來也發生了很多事情。尤其是遇到你之後。」

「嗯……對不起，在我身邊好像一直讓你遇到不好的事情。」時燁知道和自己扯上關係後，俞皓平靜的生活被打亂了。本來應該像個普通高中生一樣的生活，卻因為他拐了彎，要幫他保守祕密又要照顧他，對俞皓而言恐怕是倒楣的意外，但對時燁來說卻是幸運的意外。

「不會啊，我覺得很開心喔！和你在一起玩真的都很開心。」俞皓昏昏欲睡地瞇著眼睛，斷斷續續地說道。

「我很害怕是真的、擔心你不回來也是真的，但我不是覺得你會丟下我，而是怕你遇到了什麼事回不來了……」

「自從認識你之後，我們一直都在一起，幾乎沒有分開過……」

「我——已經不能習慣和你分開了。」

幾乎是夢囈的狀態，俞皓輕輕吐出這些撼動時燁心靈的話語。

看著俞皓說完就睡著的可惡模樣，時燁輕輕捏著他的鼻子，感受著平穩規律的呼吸，忍不住感嘆：這是第幾次了？說完關鍵的話，這傢伙就睡著了!?

轉了個身子，時燁坐在地上靠著床沿，輕輕地將頭往後靠，閉上眼睛感受俞皓輕淺的呼吸。

時燁揪緊心臟位置的衣服，希望失控的心跳能夠跟著恢復平常的頻率。

即使閉上眼，光是聽著俞皓的呼吸，腦海就會描繪出現對方的模樣。生氣的樣子、吵鬧的樣子、蠢笨犯傻的樣子、受傷狼狽的樣子、一臉固執的樣子，還有對他瞇起眼睛，微笑的樣子……把他的心思勾動到自己都無法否認的地步，然後一睡了之，到底是誰比較會撩人？

想著想著，被稱為家族難得的優良基因，自從十歲後再也沒有因為情緒超載而不自主變身的時燁，這次無法控制地變身了。

看著自己短短小小的四肢，時燁蜜袋鼯嘆了口氣。像是想通了什麼，他認命地爬到俞皓枕邊，過程中不忘踹上這個始作俑者幾腳洩憤。

第四章　齊人之福也不是這麼好享受的！

俞皓跌落山溝以及腳受傷的意外，很快地成為營區茶餘飯後最受歡迎的話題，除了俞皓多倒楣外，大家津津樂道的便是在他身邊的中心人物——時燁。校園男神本身自帶八卦屬性，平常對人冷冰冰的他只跟俞皓混在一起玩，這次俞皓受傷之後，到哪都能看到時燁小心翼翼地陪伴，態度比專業看護還要謹慎，惹得眾人議論紛紛。

俞皓不知道自己成為話題中心，他只感覺腳不太方便、走路有點困難，但難得可以使喚時燁，讓他開心地忽略了種種不適。今天也在籃球社練習結束後的放風時間，指使時燁扶他走到運動場上吹風。

太陽逐漸落下的黃昏，不再那麼炎熱的運動場上，除了有許多來運動的成年人，還有些悠閒慢跑的遊客，以及來此自主訓練的同學。

「欸，那不是紀安辛跟正宇嗎？」俞皓在其中發現兩個熟悉的人影。

「嗯，他們在自主練習吧。」時燁一點也沒有想要寒暄的意思。

俞皓沒有察覺時燁興致缺缺，開心地大聲呼喚兩人。

嚴正宇首先聽到了俞皓的呼喚，彷彿有對隱形的狗耳朵豎了起來，加速奔向俞皓，而紀安辛則一心沉浸在自己的世界，聽著音樂，略為快速地跑著。

「學長……」嚴正宇略帶歡快的語調，在看到時燁的時候瞬間冷凍。

「你怎麼剛訓練完又來跑步啊？會不會練習過度？」俞皓關心地看著學弟。

「我有注意速度跟步調。」

「嗯嗯，如果受傷就不好了。」俞皓伸出手，想摸學弟頭的剎那，嚴正宇便立刻蹲下，方便他動作。

時燁看兩人默契無間的配合，挑了下眉但也沒有多說什麼，只是靜靜地觀察。

「學長，我也能照顧你。」絲毫不顧慮時燁在身旁，嚴正宇直截了當地提議。

「嗯？你還要練習呢。」俞皓沒想過嚴正宇會提這件事，眼前正宇蹲低身子的乖巧模樣，刺激俞皓想更加用力地揉揉他刺刺頭頂的心情。

「沒關係，早一點起床就好了。」嚴正宇很堅持，「學長腳踝本來就有舊傷，我怕沒照顧好會更嚴重。」

「喔、喔，如果你願意的話，我當然很開心啊。」俞皓沒多想便點頭答應。他覺得這種都是客套話，畢竟誰有閒情逸致搶著照顧一個臭男生呢？但這樣爽快約定讓一旁默默看著一切的時燁心生不滿。

俞皓這傢伙太容易被人撬牆角了吧？

「你覺得我沒照顧好你嗎？」時燁靠近俞皓耳邊低聲抱怨，幽怨的低音惹得他在酷夏打了冷顫，立刻接收到時燁大大正在不爽的警訊。

「晚上我能不能去學長房間留宿？」嚴正宇察覺時燁的小動作，更加積極推薦自己。

「嗯？不用啦，晚上時燁在啊。」俞皓顧慮時燁的祕密，一口拒絕。

「他不是跟家人一起來嗎？時間上比較難配合吧？我跟學長的作息比較相符。」

「唔……」對方說得很有道理，俞皓不知道該怎麼合理化時燁跟家人一起出遊，卻一直跟他混在一起的情況。

「而且我睡地上就可以了，學長不用顧慮我。」

「不用，我跟家人談過，照顧朋友比較重要，他們已經先回去了。」時燁毫不猶豫插嘴回答，字字句句都充滿挑釁意味，「單人房很小，塞不下其他外人了。」

嚴正宇知道時燁用他曾經說過的話嗆聲，不滿地瞪視他，時燁自然是抬頭迎戰。看著兩人莫名其妙又鬥上，俞皓不知道該怎麼辦，平常總是一跑了之，現在腳受傷被時燁緊緊抓著跑不了。

照顧我什麼時候變得這麼流行了……但比起帥哥男神，我更想要大波護士啊啊啊啊！俞皓無法動彈，只好假裝沒發覺兩人的暗潮洶湧，同時在心中無奈地抱怨。

「那明天起，我去接學長吧。」嚴正宇看俞皓一臉呆滯，沒有要歡迎他陪宿的意思，只好咬牙退讓。他必須盡快在學長旁邊卡到一個位子，刷刷存在，不然時燁近水樓臺太占先機了。

「好、好啊。」正在發呆想像著巨乳護士的俞皓突然被嚴正宇喚回，習慣性地順著對方話題接話。

然而，俞皓答應的瞬間，時燁給了一個讓他背脊發涼的眼神。俞皓不知道自己又怎麼惹到了他。家裡養了一隻愛吃醋的寵物該怎麼辦！

另一方面，時燁不知道自己擠出的哀怨小眼神竟會被誤認成威脅，看著俞皓無措的表情暗自嘆氣。這傢伙看起來又傻又遲鈍，為什麼就這麼討人喜歡呢？

三人各自有著自己的小劇場，氣氛突然陷入一片沉默，這時，遠處突然傳來尖叫聲，嚇了三人一跳。愛湊熱鬧的俞皓向著聲音處張望，卻發現紀安辛倒在地上，連忙叫時燁扶他上前確認。

「怎麼回事啊？」看著紀安辛抱著腿倒在地上，俞皓相當擔心。

「這個小弟突然往前跌，好像扭到腳了吧？」路邊大叔擔心地看著他。

「扭到腳！」俞皓當然知道身為運動員扭到腳的嚴重性，無奈無法蹲下查看對方狀況，只好焦急地喊話，「紀安辛，你還好嗎？」

「扭到了，你扶我一把吧……」紀安辛側身躺倒在地上，按著腳踝，全身冒出冷汗，咬著牙伸出手想讓人扶他站起身。但伸出的手卻遲遲等不到救援，他疑惑地看向上方，俞皓一臉無措、時燁一臉冷漠、嚴正宇面無表情。

「我腳受傷了怎麼扶你……」俞皓無奈解釋。

「我扶著俞皓。」時燁理直氣壯拒絕。

「……」嚴正宇擠不出理由乾脆沉默。

好！很好！他終於知道自己有多不受歡迎了。紀安辛咬牙切齒地坐在地上，身心受創。

「……皓皓，晚上收留我吧。」紀安辛可憐兮兮地看著俞皓。如果他這樣子回房間，一定會被江書恆痛罵的。

「好吧……」俞皓看著紀安辛故作輕鬆的模樣，雖然無法認同，但想到他正飽受失戀之苦，還是心軟同意。這下惹得剛才被拒絕的嚴正宇哀怨，而即將被占據地盤的時燁重重冷哼一聲。

「你怎麼會弄成這樣啊？」俞皓不理身旁兩人的陰陽怪氣，反而好奇紀安辛怎麼會跌成這樣，畢竟運動社團都很怕這種事故，訓練都會特別小心的。

「跑太久，腳軟了一下重心不穩。」紀安辛輕描淡寫地帶過。

俞皓想起上次紀安辛藉由跑步來發洩情緒，摸摸鼻子不說話。雖然失戀人人都可能發生，但因為對象是同性，這種說不出口的委屈感想必更加強烈。

「……還是小心一點吧，萬一傷到身體得不償失啊。」俞皓拜託嚴正宇扶他起來，看紀安辛依然嘻皮笑臉的模樣，覺得有點難過。

「對啊，拜託你們陪我去醫護室一趟吧～」紀安辛聳肩，維持著一貫在外人面前不在乎的模樣，「希望不要影響到下個月的比賽。」

「紀安辛。」可惜他費心維持的態度，在聽到江書恆的呼喚後頓時消散。

「你傷到哪？」沒有過多開場白和客套話，江書恆一到，立刻檢查紀安辛的狀況。當他發現紀安辛正微屈著身體，靠在嚴正宇身上時，連忙蹲低身體快速找到紀安辛想掩藏起來的紅腫腳踝。

「……安安，我需要一個說明。」江書恆攬過紀安辛的腰間，將他的重量移到自己身上。

紀安辛知道江書恆會在大家面前喊他的小名，就是在威脅他聽話的意思。看著對方責難的眼神，他咬咬嘴脣、低下頭不理會。

「紀安辛跌倒了，腳好像扭到了。」俞皓覺得自己（和時燁及正宇）很多餘，但也無法找到退場時機，只好幫忙解釋。

「……不是跟你說不要心急想打破紀錄嗎？越煩躁越難做到，現在還把自己逼到受傷。」江書恆教訓著紀安辛，讓對方臉色越加難看。

這樣的修羅場氛圍逼得俞皓想當場逃跑，但紀安辛只剩下他這個知道真相的人了，為了義氣，怎麼樣都應該要幫他一把。

「你不要罵他，紀安辛只是、只是不小心的啦……」俞皓的勇氣在江書恆透過鏡片射來的嚴厲眼神中逐漸消失，最後只能看著地板嚷嚷，假裝有在幫腔。

「身為一個運動員，無法好好管理自身健康就是不專業。」江書恆知道紀安辛在鬧脾氣，沒有多寬慰他。一邊對著俞皓說話，一邊替紀安辛將垂落在額前的髮絲收攏在髮夾下。

俞皓看著自己包裹著石膏的腳，總覺得這句話似乎也在教訓他。而且江書恆看來好像在生氣，渾身散發著不爽的氣息。俞皓膽小地藏在時燁背後不敢再多話。

「你不帶他去醫護室嗎？再晚可能就沒人幫忙處理了。」時燁把俞皓藏到身後的陰影，提醒江書恆。

江書恆外放的怒氣在這句提醒下迅速收斂，不顧紀安辛的掙扎，一把將人抱起。「謝謝你們的幫忙，不過下次希望大家別跟他一起胡鬧。」江書恆相當在意紀安辛最近老是亂跑，夜不歸營，又總見到他跟俞皓鬼混，還把腳弄受傷了，下意識地遷怒俞皓。

「那你就好好管著，不要讓他總是跑來說要留宿我們房間。」時燁不滿對方態度，不客氣地回應。他可不像俞皓這麼膽小。

「要不是我們，紀安辛現在還躺在地上。」嚴正宇也補槍。

「……謝謝大家的照顧，我會多注意他的。」江書恆這才發現失言，迅速改正態度。客氣又疏離地道謝後，扛著紀安辛離開。

俞皓從時燁背後探出頭望著兩人離開的背影，一股鬱悶又陰沉的感覺圍繞，讓他更加肯定自己的直覺——江書恆才不是什麼溫柔的好人呢！是披著羊皮的黃鼠狼啦！俞皓在心中默默幫紀安辛點起蠟燭。

「俞皓也太倒楣了吧，從步道摔到山溝，還好只有腳扭傷。」

「分明是幸運吧！你看時燁特別趕來照顧他。」

「還有嚴正宇跟得緊緊的隨身照顧，獨占兩個男神，太爽了。」

「俞皓該不會是故意受傷的吧！哈哈哈哈哈。」

聽著同學的閒言閒語，拄著拐杖、包著石膏的俞皓苦不堪言。如果只有其中一個可能還能享受當大爺的時刻，但這兩個人湊在一起絕對只是災難！不是搶著服務他，而是搶著要他「選擇」被誰服務。

說實話，要選照顧者的話，絕對會選正宇。學弟細心又周到，可是時燁在一邊不斷眼神抗議，俞皓只好雨露均霑、兩個輪流使喚。他終於明白古時候皇帝的辛苦，後宮佳麗三千，環肥燕瘦樣樣有，但朕無福消受啊。

「學長，你骨頭受傷了多喝牛奶吧。」嚴正宇拿著家庭號大容量鮮奶遞到他嘴邊，俞皓很想提醒他，他是腳受傷不是手，但隨即被時燁拉開。

「牛奶鈣質成分不夠，你直接喝大骨湯。」時燁捧著一碗不知道哪來的骨頭湯，舀了一湯匙塞到他嘴巴。

俞皓坐在板凳上，看著眼前山明水秀的景色，木然地張嘴，一口冰涼鮮奶一口滾燙大骨湯輪流飲用。承受著路人同學們竊竊私語的八卦議論，心中只祈禱不要拉肚子。

餵食折磨秀結束後，俞皓知道關鍵時刻來了。

「你覺得哪個比較有用？」兩個人同時間盯著俞皓。

「都、都有吧？我這幾天喝的量應該可以再長高10公分了。」俞皓睜眼說瞎話。他實在不解為什麼要做選擇，也不解這兩個人為什麼看見彼此總像看見天敵一樣互撕，一山不容二帥嗎？

「皓皓，你已經沒救了。」紀安辛突然冒出來，把其他兩個人擠開，「你家的基因就是矮吧？那不管怎麼喝都沒有效啊。」

俞皓的第二個煩惱來源就是紀安辛。對方腳受傷之後練習活動暫停，老是黏在俞皓身邊，晚上也時常賴在他房間待到很晚。雖然一起打電動跟吃餅乾很開心，卻因此讓時煒無法自由變身，引起某人不滿。只是俞皓一想到紀安辛才剛失戀，回去就要跟江書恆獨處太尷尬了，只好無視時煒的暗示。

「皓皓你的腳也太多災多難了吧，這樣行動方便嗎？」紀安辛的靠近打破了三人次元壁的隔絕，其他籃球社員吃著俞皓做的下午茶點心，關心地圍上前慰問。

「我會好好照顧學長的。」嚴正宇認真地宣告。

「哇靠，正宇這句話是求婚吧？」同為運動社團的紀安辛和其他籃球社員也相熟，自然地加入群體調侃俞皓。

「你們不要亂說話啦，正宇是學弟對學長的體貼啦。」俞皓自從紀安辛事件後，對於這種話題很敏感，怕讓嚴正宇為難，連忙解釋。

「那正宇也多多照顧我這個學長吧！」其他二年級隊員看嚴正宇嚴肅、俞皓慌張的模樣就更想起鬨，假裝爭風吃醋地笑鬧起來。

「不行，只照顧俞皓學長。」嚴正宇一點面子也不給地直接否決。

迅速的回答惹得眾人哄堂大笑，你一言我一語地開著兩人玩笑。時煒不想參與討論，默默地離開現場。

時煒最近心情很差，突然明白自己心思煩亂的原因，還沒思考好下一步怎麼走，所剩無幾的地盤又再次被瓜分。學弟虎視眈眈是一直以來的威脅，而現在又多了個紀安辛。

白天的時候，他變身成蜜袋鼯跟著俞皓，看他到處跟人打招呼玩鬧，時燁第一次對自己沒了自信。活潑開朗的俞皓一點也不缺人疼愛，反倒是自己不討人喜歡。收服俞皓的計畫失敗，還被對方徹底收服了。大少爺第一次發現有錢不能解決的事情，整個人相當沮喪。

而俞皓不知道時燁的心思，苦著臉看著眾人在他的石膏腳上塗鴉，畫了許多奇怪的棒狀圖還有跟嚴正宇的愛情傘。

「好了啦，塗成這樣，被路人看到很糗欸。」俞皓看著圖案越來越不堪入目，連忙想向時燁討救兵。這些傢伙就算人高馬大，也受不了時燁的高冷壓力。結果卻發現時燁不知道什麼時候不見了。

把其他人趕去練習後，看著還賴在原地，黏著他不放的紀安辛，俞皓感到困惑。

「你一直窩在我這可以嗎？江書恆找了你好多次。」

「憑什麼他管我我就要聽？」紀安辛用鼻子哼了一聲。

「江書恆會生氣吧……」俞皓一邊和他閒聊，一邊用手機傳訊息給時燁。

「就讓他生氣吧。沒道理我這麼難過，他什麼都不知道，還爽爽在那邊享受戀愛的甜蜜。氣死他最好！」紀安辛靠著俞皓的肩膀，無精打采地說著。

俞皓看著紀安辛靠在自己肩膀上磨蹭，有些不知道這樣的距離是否合適，但自己也沒有不舒服的情緒，乾脆就當作不知道吧。

「欸幹麼？靠兩下不行喔？」紀安辛情緒敏感，看到俞皓眼神就知道他的想法，翻了個白眼，「雖然我喜歡男生，但不代表我親近誰就是喜歡他好嗎？至少不會喜歡你啦。」

「……你這樣說反而讓我不爽。」俞皓生氣想推開對方，偏偏紀安辛像水蛭一樣扒著他的手臂。

「你是我的兄弟嘛～」紀安辛看俞皓生氣連忙哄著。

俞皓是少數知道自己的祕密的人，坦承後還能自在相處，給他逃離痛苦的空間和不廢話的陪伴，對他來說是很重要的存在。

「江書恆也是你兄弟吧？」俞皓被時燁賴習慣了，也就沒有把紀安辛拔開。看時燁沒回訊息又丟了幾個貼圖過去。

「不一樣啦。感情有不同的定位跟深淺，你是絕對安全那一區的。」

「有那麼複雜啊？不就是喜歡跟不喜歡而已嗎？」不理紀安辛歸類他，俞皓只在意著時燁沒消沒息去了哪裡。

「你幹麼一直傳訊息給時燁？」紀安辛回答不出來，只好吐槽俞皓略過話題。

「他突然不見了，我看他在哪。」俞皓懷疑自己手機收訊不好，朝天上舉高嘗試接收更多網路訊號。

「……吶，時燁對你來說也不一樣吧？」

「當然。是好朋友哇。」

「我們也是啊。但和時燁不一樣吧？」

「每個人都不一樣啊。」俞皓疑惑地看著紀安辛。一臉壞笑有什麼企圖？

「你會不會嫉妒時燁跟別人在一起玩得比你開心？」紀安辛總覺得這兩個人有什麼，想要逼遲鈍的俞皓思考。

「時燁不跟別人玩的。」

「……可惡。那如果之後不同學校呢？你不怕失去聯絡嗎？」

「那就多多聯絡嘛。」俞皓沒有想過太久以後的事情。

「……你不怕他跟別人變好嗎？以後會有比你更重要的朋友或是戀人？」紀安辛不知不覺地吐露了自己的擔心。

「那也沒辦法啊。」俞皓直覺回答，看到對方一臉灰暗才想到最近江書恆交了女朋友，趕緊安慰他，「但真正的朋友不會因此疏遠啦。」

「那如果是女朋友呢？」

「女朋友……有一天就會分手啦。」俞皓詞窮，只能隨便回答。

「那沒分手還變老婆怎麼辦？」

「欸，那你也交一個女朋友……喔，男朋友嘛。」俞皓不知道該說什麼，絞盡腦汁的安慰只惹得紀安辛白眼。

「啾啾（你說什麼蠢話。）」時燁蜜袋鼯咻地從旁邊竄到俞皓身上，窩在他的膝蓋上叫著。

「你難道會因為喜歡的人不喜歡你就隨便找個人交往嗎？」紀安辛不屑。

「不會隨便啦。但如果真的沒希望，換個人發展也沒什麼不好啊。」俞皓不知道自己說錯什麼，心思全都跑到時燁蜜袋鼯身上了，一把捧起牠教訓著，「你跑去哪啦？怎麼都不回我。」

「如果可以早就做啦！」紀安辛有點鬱悶，覺得心事只能跟俞皓分享，偏偏這傢伙這麼敷衍隨便，他獲得的關注連一隻蜜袋鼯都比不上。

「啾啾（肚子餓跑去覓食）！」時燁隨便編了個藉口，他無法說出覺得自己無法融入群體乾脆溜走，但又不甘心只好變成蜜袋鼯回來刷存在。

「我媽說趁年輕多談幾次戀愛，不要怕失敗。」俞皓自己也沒啥經驗，想著媽媽看電視時常脫口評論，直接照抄。接著對時煒蜜袋鼯訓話，「下次要說一聲啊，不然我會很擔心的。」

紀安辛看著俞皓親暱地磨蹭蜜袋鼯，一人一鼯甜蜜的不得了，越發覺得自己可憐，自暴自棄地說：「算了算了，反正到時候我就登記個南部的學校，以後再也不用見面。」

「你要去南部念書喔？」俞皓被他哀怨的語氣拉回注意，一手把玩著時煒蜜袋鼯的小小爪子，分了點注意力給紀安辛。

「對啊，眼不見為淨。一天到晚都混在一起，看到就心煩。乾脆填個遙遠的大學滾離傷心地！」

「這樣也很好啊，換個新環境也許就能換個心情。」俞皓點頭贊同。

紀安辛本來是想得到否定的答案，無奈他高估了俞皓的理解力，只好咬咬嘴脣，繼續賭氣地說，「乾脆去其他國家留學好了，一口氣拉開一輩子的距離。」

「我覺得有點距離可能是好的，但一輩子不聯絡也太鴕鳥心態了吧？這樣是逃避喔。」俞皓將視線集中在紀安辛身上，慎重地勸說。

「可是真的很痛苦嘛！」紀安辛環抱住自己雙膝，把頭埋在之中，想遮掩住自己的脆弱表情，「以前總想著也許這樣過著過著，或許有心意被明白或是相通的一天。沒想到現實這麼殘酷，把我從白日夢中打醒。他都有女朋友了，我們是不同世界的人……」

「這也不是江書恆的錯啊……」俞皓把時燁蜜袋鼯放在膝蓋上，一手環抱住紀安辛的肩膀。

「我知道啦，所以才更煩。乾脆講出來好了，一了百了死個痛快，這樣之後我想去天涯海角流浪都沒有遺憾。」紀安辛說話的聲音有些哽咽。

「喔，說出來真的會比較痛快。」俞皓點頭附和，想起自己之前的經驗給予建議，「一定要面對不能逃避。」

「啾啾啾啾啾啾（你不要亂慫恿他，你要他尷尬一年嗎）！」

「咦？對吼。」俞皓聽到時燁提醒，連忙修正說法，「呃、還是再忍耐一下，等畢業再說好了。那天江書恆有說他很怕認識的人表白，覺得會尷尬耶。」

「這麼重要的事情，你沒跟我說！」本來還有些衝動的紀安辛，立刻從消沉轉變憤怒開罵。

「事情太多我忘了嘛……」俞皓傻笑。

「……那我不說了，不可以給他帶來困擾。」紀安辛猛力搔亂自己整齊的頭髮，改變主意，「對啊，說完之後還得同班一年，我們家又住附近。明明都忍這麼久了，怎麼突然就想說了呢……」

「感覺還是不要說的好。」

「還不是你在那邊慫恿我！」紀安辛怒捏了俞皓臉頰一把。深呼吸幾次後，重新把頭髮夾上髮夾。

「你老是重複這個動作耶。揉亂後急著整理，然後沒過多久又揉亂了，乾脆亂到底比較省事吧？」俞皓好奇。

「……我沒有注意過這件事情。」紀安辛尷尬地停下動作。

「大概十分鐘左右會重複一次。」俞皓模仿他猛力搔頭，再小心翼翼地整理頭髮的樣子。

「嗯，我想想……大概是我的習慣吧。」紀安辛抓起前額的瀏海吹了幾口，淡金色的頭髮在日光照射中近乎透明，「我小時候只有揉亂頭髮這個習慣，一煩就想抓亂它。然後江書恆就會嘆氣，念著我把它整理好，說討厭看到我亂七八糟的模樣。可能久了就變成一套連續動作了吧。」

「他真的管很多欸，你不會覺得煩嗎？」俞皓無法想像有人這樣多方干涉自己。

「有時候會啊，但大多數的時候覺得很安心。」說到自己名字的諧音，紀安辛忍不住和俞皓一起笑起來，「是一種習慣吧。一起經歷了太多事情，反而不習慣分開。」

「喔喔，我懂。」俞皓最近有類似感受，連忙點頭。

「啾啾（你懂什麼）？」本來安靜聽著的時燁蜜袋鼯好奇插嘴。

俞皓有些害羞跟本人分享，搖搖頭不說話，不知道自己昏沉中早就說出口了。

「他還是對我很好的，雖然管得又多又細，但也是為我著想。」已經習慣俞皓跟寵物的目中無人，紀安辛大聲嘆氣著，朝著天空伸了個懶腰，兀自說著自己心中的想法，「我也會誠心誠意的祝福他幸福快樂……就再忍一年吧。」

「你這樣反反覆覆的，不累嗎？」俞皓抓起時燁蜜袋鼯，揉弄著對方軟澎澎的肚皮，惹得他啾啾叫著抗議。

「超累的。每天都下定一個新的決心，然後推翻。」紀安辛自嘲，「也許我明天又一個衝動出櫃，到時候你要收留我。」

「啾（不要）。」時燁蜜袋鼯聽到馬上否決。

「沒問題。雖然不希望走到那一步啦。」

「謝啦，兄弟。如果你有一天跟時燁吵架，我也會收留你的。」紀安辛捶捶胸口保證。

「吵架喔……」俞皓把當事人抓起來放在眼前，「就算有一天吵架了，也會好好的跟本人解決的。對吧？」

「啾啾（不會吵架的）。」時燁蜜袋鼯覺得紀安辛實在烏鴉嘴，憤怒抗議。

「我滾我滾！」紀安辛受夠了俞皓散發的黏膩感，站起身嚷嚷，「你去跟你家的蜜袋鼯談戀愛吧！」

「等等！」

「幹麼？知道剛剛冷落我了嗎？」紀安辛得意地回頭等待對方挽留。

「我腳受傷了，扶我一把回宿舍吧。」

「……可是我也受傷了啊。」

「那我們互相攙扶吧。」俞皓笑咪咪地撐起拐杖，和對方挽手前進。

這比蝸牛還緩慢的速度讓紀安辛無言以對，看著彼此拖拉著的步伐，突然感受到遲暮的悲傷，隔壁阿公阿嬤動作都還比他們快吧！

紀安辛和俞皓慢慢走回宿舍同時，潛藏在附近的女孩們終於得見天日，迅速地從草叢中爬出整理儀容。她們已經很習慣這樣的狼狽了。

「時燁大大一下就離開了，今天沒吃到糧……」M子一臉悲傷。

「終於知道妳們是多餘的了吧。」Y子得意地扠腰大笑。

「時燁大大跟籃球社的人不熟所以離開了吧，不過搶著餵食那一幕好甜喔。」A子一臉幸福地痴漢笑，不小心說出自己的真心話，「剛剛覺得紀安辛也很可愛，難道要組新CP嗎？」

A子的感嘆一出，惹得M子跟Y子怒目相瞪反駁。

「屁啦，兩個小受！」Y子吐槽。

「是閨密！紀安辛有自己的CP啦。」M子難得與她意見相同。

「紀安辛有CP嗎？」之前只關心自己的CP的Y子好奇。

「恆星女孩很有名欸。」關注各家八卦的A子很樂意分享自己的情報的，「他們兩個青梅竹馬一起長大，之間的默契迷死一堆人了。」

「不過最近江書恆不是交了女朋友嗎？恆星都要變成流星了。」M子想到最近新出爐的八卦。

「啊……女朋友啊。」Y子覺得這三個字將少女的夢想破壞殆盡，臉色鐵青。

「對啊，所以紀安辛最近常來黏皓皓，反而沒有跟江書恆在一起了。但其實江書恆跟那個女生也沒多常在一起啦。」畢竟同班，A子的情報網進度快一點。

「說真的，不知道他們什麼時候搭上線的。」M子相當疑惑，「江書恆根本沒有跟那個女生說過幾次話吧。」

「難怪紀安辛最近看起來很不開心欸。」A子看著剛剛自己拍的照片，「他一定很寂寞吧？」

「可能是失戀了。」Y子隨口開著玩笑。

「應該不是吧，我猜是不是紀錄數字不好看啊？如果是失戀這麼大的事情，皓皓怎麼可能還一臉悠哉地跟球球玩。」身為專業的CP粉，A子當然知道小寵物的名字。

「紀錄也是重要的事情吧。」M子壞心地說著自己的猜想，「會不會是在討論怎麼長高？今天時燁大大一直給皓皓喝補品。」

「皓皓現在比我還矮呢。難怪正宇要給他喝牛奶。」A子也一臉若有所思。

「我覺得喝牛奶這句話怪怪的。」Y子不知道想到什麼笑得一個燦爛。

「喂喂喂，喝牛奶又沒什麼，補充鈣質而已。」老司機M子馬上挑眉警告。

「我以為要補充蛋白質呢。」Y子越笑越開心，玩笑也越來越偏。

「逼逼！」M子立刻做了個吹口哨的動作，「再說下去就要十八禁了。」

「哼哼，食魚女孩尺度太低了。雖然妳的圖很好看，但最大尺度就是到內褲，真是想像力貧瘠，難怪最近蒸魚女孩人數暴增。」Y子得意洋洋。

「食魚最近也人數暴增好不好！然後我的尺度比馬里亞納海溝還寬！我只是比

較朝向心靈層面的發展，不像妳動不動就脫內褲！畫得好卻太色情了，會模糊讀者焦點的。」M子感覺名譽受辱，連忙大聲喊冤。

今天依然選擇壁上觀的雙面蝙蝠A子，怕自己被殃及池魚，閉上嘴巴檢查自己的相片。嘖，今天實在沒糖沒糧沒YY。

「算了啦，至少他們還沒有女朋友。今天糧食不足，妳們有空吵架，不如趕快產糧各自推廣吧。」為了自己的福利，A子連忙介入勸導。

「妳說得很對！」Y子跟M子赫然被點醒，「至少我們現在還有想像的空間，是幸福的。至於能夠圈到多少跟隨者，就看各自功力了。」

「我今天絕對會畫出又香又有深度的圖來。」Y子仰起下巴憤怒宣告。

「我今天也會把內褲脫掉的！」M子不甘示弱握起拳頭。

「沒錯沒錯！就是這樣！要為了自己的CP努力推廣努力貢獻一己之力啊。」感覺自己今天應該有大魚大肉可以吃，A子欣慰地鼓勵兩人。

「我們食魚是數學定理，絕對不容推翻！」

「我們蒸魚是宇宙真理，絕對亙古不滅！」

看著又吵得不可開交的兩人，A子只發現了一件事情。

這兩個敵對的大手，其實是互相關注欣賞的吧，很了解對方動向耶。

然後食魚跟蒸魚女孩人數大增，應該是因為恆星女孩瓦解吧？不管怎樣，CP解散是每分每秒的事情，A子決定今朝有酒今朝醉，今天吃飽比較重要。

第五章　說不出口的心意

入夜後，年輕旺盛的運動學子們群聚，各個社團在合宿即將結束的前一天決定聯合舉辦試膽大會，一向寂靜的山頭頓時熱鬧了起來。

俞皓因為腳受傷而被排除於外，被同學們強迫擔任嚇人的角色。時燁自然是跟在身邊，而嚴正宇則被視為社團的重要戰力，強制參加闖關團了。

「為什麼！為什麼！為什麼！」俞皓快速搖擺著上身表達自己的不滿，「為什麼我只能當鬼！我也想參加闖關團啊。」

俞皓裹著白色被單，眼睛處挖著兩個洞露出他的圓滾大眼，不滿地扭來扭去，活像隻白色章魚。

「你腳受傷了。」時燁看著他不耐蠕動的模樣，荒謬地覺得這白色團子很可愛。

「紀安辛就可以玩！我就不可以！」俞皓憤怒大叫，「秒速最少的組合可以獲得牛排券欸！當鬼什麼都沒有！這是不公平待遇！」

「你腳這樣，也不可能拿到第一。」

「你又知道了！我現在是還沒開始比賽就輸了，根本沒有入場券怎麼跟人一拚高下，這樣根本未審先判啊……」

「牛排我買給你吃。」時燁大少爺想著要討人歡心，提出解決辦法。

「我才不要不勞而獲！我要獲勝得冠軍正大光明吃牛排！」俞皓生氣地拍打白色被單，「還要我穿成這樣，一點也不可怕，蠢死了！」

「我覺得還滿可愛的。」

「一團白哪裡可愛，而且可愛有屁用！能讓我吃到牛排嗎？」

「那我跟你賭一把吧。」

「賭什麼？」說到有趣的事情，俞皓立刻忘記鬧彆扭，興高采烈地問。

「看誰能嚇到最多人吧。」時燁一邊用手機錄影這團子扭動的模樣，一邊提議。

「好耶，那輸了要請吃牛排。」覺得自己終於能參與遊戲了，俞皓開心點頭。

「嗯，跟你賭。」時燁發現這傢伙就是想玩想吃，想了個辦法滿足俞皓。反正他根本沒打算參賽，一定能讓對方輕鬆獲勝。

有了目標之後，俞皓迅速提起了精神，萬分努力地進行嚇人的任務。

然而不管俞皓從左邊、右邊還是下面出現，路上已經經歷過各種嚇人招數的闖關團絲毫沒有任何動搖。雖然在漆黑一片的山林中，一團白色影子有幾分詭異感，但如果細看就會發現對方根本嬌小可愛。在這群發育良好的運動男孩們眼中，比自己還矮的「鬼」根本不足以畏懼。

「哇靠！哪個鬼這麼矮。」

「這套裝扮也太簡陋了吧。」

「誰負責嚇人啊？」

「什麼鬼，是尿床的小鬼嗎？」

「哈哈哈哈，好蠢。」

男同學們直接又不客氣的評論把俞皓羞辱得體無完膚。

「這個鬼比我還小隻，好可愛喔。」

「這麼矮，是俞皓吧？」

「好～可～愛，可以摸嗎？」

「這被單很髒欸，過來我就打你喔。」

雖然社團也有幾名女生，但運動社團女孩可是巾幗不讓鬚眉，看到鬼還哈哈大笑。多數女孩比俞皓高，來到他身前又是一陣凌遲。

正當俞皓開始懷疑人生的同時，一群文藝社團的女孩們帶著銀鈴般的笑聲從遠處而來，雖然笑聲太大有點刺耳，但俞皓感覺到了無比的勇氣，雙手舉高，虎吼一聲從樹幹後出現。

「哇——呀——」銀鈴聲很快地變成了銅鑼聲，淒厲的尖叫讓俞皓來不及開心就害怕地縮回手。是不是他太可怕了？這樣嚇女生好像不太好……

「是——時燁大大啊！」女孩們的尖叫聲細聽之下分明是驚喜。

即使大家認不出這個被單鬼是誰，但俞皓身邊這個自帶光環的校園男神風采是不會被淹沒於闇夜中的。眾人看到時燁就知道旁邊的附件是俞皓了。大夥迅速抓了俞皓完成任務後，還不忘跟時燁合照呢。

於是，時燁和俞皓的駐守點反而成了眾人打卡自拍的景點地標，畢竟能跟時燁合照是多難得的事情，還一個傳一個，變成闖關團在捕捉俞皓耍著玩了。

「太冤枉了……太冤枉了……」俞皓舉起雙手將被單撐起一個弧度，學著厲鬼索命的動作，哀怨地叫著，「我明明是鬼吧，為什麼感覺才是被嚇的……」

時燁看他只露出一雙圓滾的眼睛，披著已經被眾人摧殘到無法蔽體的被單，做著各種愚蠢動作。即使是這樣的俞皓，時燁還是覺得可愛的不得了，只能在心中為自己失去的理智默哀。

「你……至少、應該、可能……有嚇到兩個人吧……」時燁選擇說謊。

「我覺得有五、六個吧？要不是因為你太顯眼，應該可以更多的。」俞皓脫下被單，憤怒地嚷叫，「一定是因為你，我才會失敗。你不能因為不想請客就破壞我的計畫啊！」

時燁覺得很冤枉，他從頭到尾都站著不動，即使這樣還要被栽贓？

「所以——你要請客。」俞皓踮起腳尖，兩手揪著時燁衣領威脅。

「好好好，是我輸了，我請客。」時燁本來就打算請客餵飽俞皓，是俞皓這傢伙想為自己吃軟飯找理由。縱容俞皓的時燁大少乾脆配合演出，反正結果都一樣。

「這還差不多～」俞皓踩回原地，滿意地拍拍他胸口，「最後一組怎麼都還不來啊～我想回宿舍休息啦。」

「學長——」突然一聲幽怨叫喚，把俞皓嚇得腿軟，一下子撲倒在地上。他抬頭一看，原來是嚴正宇，面癱的臉上寫著好委屈三個字。

「你幹麼嚇人啊！」俞皓剛好也站累了，乾脆趁勢坐在地上，仰起頭看著另外兩名同伴，「我懶得嚇人了，反正也嚇不到，最後一組不知道啥時要來，他們來了你們再叫我吧。」

時燁和嚴正宇看俞皓縮進白色被單中，把自己捲成一團球仰望著他們的模樣，二話不說就跟著坐了下來。

「咦咦，你們都坐下來？那誰幫我監督啊。」俞皓抱怨。

「沒有你偷懶，還要我工作的道理。」時燁當然不可能放任嚴正宇跟俞皓單獨相處，二話不說席地而坐。

「我累了。」嚴正宇言簡意賅地表達。

「……好吧。」俞皓自己也不想再任人羞辱，只好三人一起偷懶怠工，反正他也嚇不到人。

「正宇，你今天有被我嚇到嗎？」俞皓好奇地詢問。

「怎麼可能——」看著在某種濾鏡底下閃閃發光的學長，嚴正宇立刻學會了腦殘附和這種初級追人手段，「怎麼可能沒有，學長這站是最可怕的。」

「果然，我就知道我很厲害！要不因為某人太大隻太顯眼，我應該可以通殺全場！」俞皓得到肯定，興奮地比手畫腳，甚至得意忘形開始講解怎麼嚇人。

「我跟你說，扮鬼呢，最重要的不是化妝，是氣氛的營造。你要神出鬼沒地出現在四周，多角度的搭配一些聲音，包管那些人嚇得屁滾尿流叫你媽媽。」

「呿。」時燁不滿嚴正宇粗糙的討好舉動，忍不住哼笑。

「時燁你有什麼意見是不是！」俞皓當然也知道自己膨風，但看著學弟佩服的眼神，他就是忍不住虛榮，想賣弄兩句。聽到時燁的冷哼，以為對方在吐槽自己，心虛馬上發作。

「他在笑學長。」嚴正宇很快地從說謊進階到抹黑。

「我哪有。」

「那你呿什麼呿！是不是不想請我吃牛排？是不是男人啊，輸不起！」俞皓不能在學弟面前落了威風，不遺餘力地攻擊時燁。

「我請學長吃牛排。」嚴正宇相當滿意這個效果，連忙再補上幾個好處，希望能挽回自己年級差的劣勢。

「嗚嗚，還是正宇最乖了。」

時燁看著兩人一搭一唱，怒火中燒。嚴正宇一直都這麼討厭就算了，俞皓竟然幫著外人欺負他，而且還是主動的！

「我請的牛排是日本和牛。」無奈時燁拉不下臉，只能以財力誘惑俞皓。他知道俞皓一直想吃吃看日本和牛。

「我請Ａ５。」嚴正宇當然也知道學長的喜好，立刻加碼。

「我的野生放牧，每天喝負離子山泉水。」時燁憤怒看著嚴正宇。

「我的牛還吃蜂蜜蘋果長大。」嚴正宇面不改色挑眉應戰。

俞皓張著嘴聽著宛如「舌尖上的牛排」一般的美食介紹，口水不受控制地就要流下來。

「都、都給我吃吧。」俞皓無法選擇。

「不行！選一個。」時燁和嚴正宇兩人不滿地看著俞皓。這傢伙竟然想統包他們兩個人，太貪心了。

「你們兩個能不能不要每次吵架都牽連我。」俞皓不知道為什麼牛排不能吃兩份，覺得左右為難的同時也覺得被找碴了，三個人互相怒目相視，直到遠方的吵鬧聲打破這份幼稚的較勁。

「你不要一直跟著我啦。」紀安辛的聲音傳來，即使音量不大，在寂靜中依然聽得清晰，連其中的憤怒和煩躁都忠實傳遞。

「那你停下來。」江書恆的聲音不像平常般溫和，刻意壓低了幾分。

三人立刻知道現在狀況不合適出聲，閉上嘴巴偷偷看著兩人的爭執。

「我已經墊底了，再不往前走，連參加獎都拿不到啦。我們又不同組，別一直跟著我。」紀安辛沒有理他，一邊辯駁一邊往前。

「你腳受傷了還硬要參加這個活動，是為了跟我唱反調嗎？」

「我哪有那個閒工夫，只是覺得好玩而已。」紀安辛走到了三人躲藏的地方，覺得腳有點痛才緩下腳步。

「安安，你知道我不喜歡這樣。」江書恆抓住他的手臂，強制他停下。

「你老是管我，這也不准那也不准，我不是你兒子耶，你憑什麼覺得我必須聽你的？」紀安辛用力甩了一下手，卻無法掙脫對方的桎梏。

「因為我關心你。」江書恆懂他的脾氣拗起來的時候只能軟著來，放柔了語調哄道，「我知道不能參加大賽讓你心煩，這麼久以來的努力都白費了，但也剛好做個了斷，專心念書考大學吧。」

然而，紀安辛軟下幾分的心又被結尾的管教惹毛。

「我不會跟你考同一間大學的！」

「你不要擔心考不上，我會幫你。」

「我要去考X大。」

「……你為什麼會說到X大？」江書恆聲音立刻冷了幾分。

「那、那間學校有傳播系，我想念傳播系。」紀安辛聽出來江書恆真的生氣，態度頓時孬了幾分。

「不是說好要跟我上同一間大學嗎？」

「可、可是我考不上啊。而且那間學校沒有傳播系，我真的很想念傳播系。」

紀安辛知道江書恆在打量他，而他已經把底牌掀出，在這場牌局似乎已經被看破手腳，再無招架能力，只能支吾其詞。

「你什麼時候開始想念傳播系的？」江書恆溫聲詢問，但紀安辛知道那是風雨欲來的前兆，然而他已經說破，就無法否認。

「這陣子自己想通的。」

「如果真的想念傳播系，我學校附近的大學也有，你為什麼說的不是那家？所以你的重點不是傳播系，而是因為X大在南部。」與其說江書恆是詢問，更像是自言自語地推敲。

「你想離開我，是嗎？」江書恆聲線中的冰冷讓紀安辛顫抖，但既然已經到了這個地步，他乾脆坦承。

「對！都要上大學了，當然要去享受自己的生活，擺脫你這個管家公。」紀安辛咬牙，佯裝開朗地大聲說道，「我們都幾歲了，還要一直黏在一起嗎？這樣、這樣你帶女朋友回來多不方便，還有我也可能會帶人回來啊。」

「安安，我跟你說過，我們的關係不會因為我有女朋友而改變。」江書恆感覺自己找到了原因，又恢復了溫和的態度。

「當然啊。我們是兄弟是朋友，不管誰交了女朋友，這份關係都不會變的。」紀安辛捶了下江書恆的胸口，「所以就算我們分開了也不會變，你不要擔心。」

「那你就留下來。如果真的很想念傳播系，就念我隔壁那間大學的。」

「阿恆，我知道你擔心不盯著我會出事。我很感謝你像哥哥一樣關心我，但我也長大了，會照顧自己的。」紀安辛勉強微笑地說，「我們總是要分開的，不可能一輩子在一起。」

「我們會一輩子在一起。」江書恆收起一貫的溫文微笑，看著低著頭的紀安辛又煩又困擾，「這是我們約定好的，不是嗎？」

「你還念著答應我媽的事情！那都是幾歲的事了。」紀安辛抓亂自己的頭髮，堅定地跟江書恆唱反調，「不用再保護我了。」

「五歲的時候，你把自己摔到水溝跌得渾身血；八歲的時候，你騎腳踏車撞到電線杆；十二歲的時候，你爬欄杆摔下腦震盪。」江書恆施力捏住紀安辛的下巴，強迫他看向自己，「昨天你跑步都能扭傷自己，這樣讓我怎麼放心？」

「那、那些都是很久以前的事情了，昨天也是意外啊……你不可能一輩子照顧我的，我這樣會太依賴你。」

「我會擔心你。不看著你，如果有一天你把自己搞沒了，我要怎麼辦。」江書恆感覺出他的動搖，放輕了力道用手指摩娑著紀安辛的下巴，「八歲那年我發過誓『會照顧你一輩子』，這件事情我從來沒有忘記過。」

紀安辛記得自己小的時候很頑皮，總是搞得遍體鱗傷。江書恆以前很討厭他這個毛躁又黏人的小夥伴，只想著擺脫他，沒想到只要他一個人玩就會出事。八歲那年他自己練習騎腳踏車撞到電線杆，渾身傷口沒有處理，等爸爸回來才發現併發高燒不退，差點燒壞腦子。也是從那一刻開始，江書恆才真正地開始履行「照顧他」這個承諾，到了無微不至的地步，甚至連一些轉大人的事情，都手把手地教他。

想到這些，紀安辛臉頰一陣燥熱。

「你這樣會讓我變成廢物的。」紀安辛用力搖搖頭散熱，撥開江書恆撫摸他下巴的手。

「你不會，安安是最優秀的。」江書恆笑著攬住他的肩膀。

「你、你不要老是說這種話好不好……」紀安辛無法克制自己的心跳，頻率越來越快越來越快，他感覺得到心中隱匿的情感叫囂著，就要竄出口。

「你是我呵護養大的寶貝，當然是最好的。」江書恆把頭靠上他，口吻寵溺的不得了，「我們會像曾經約定過的，在一起度過每一個時刻。現在是，以後是，一輩子都是這樣……」

「……阿恆，那封信其實是我寫的，我——」紀安辛一股氣湧上，抓住對方領口，就要把心底話說出口。

「等、一、下！」

俞皓本來聽得滿身雞皮疙瘩，覺得「這兩個傢伙在搞什麼戀愛氛圍啊」，只想著該怎麼偷偷溜走。然而在紀安辛幾乎要開口表白的瞬間，他以野生動物的本能發覺危機預感，立刻以雷霆萬鈞的氣勢大吼阻止。

俞皓虎吼一聲確實有用，現場氣氛瞬間凝結。他想自己應該要帥氣地現身，強制兩人結束這個危險又曖昧的話題，但他實在站不太起身，才想到自己腳受傷了。只好看起來又遜又狼狽地四肢並行，爬出草叢遮掩處。

「等、等我一下喔，嘿嘿嘿。」

時燁和嚴正宇對他們的談話沒啥興趣，一直無聲地以眼神廝殺威脅對方，因此在俞皓發聲的第一時間沒有反應過來，看他出去才回神起身跟俞皓一起現身，並且把爬行的傢伙扶起來。

紀安辛看著存在感強烈的三人，意識到自己剛才差點脫口而出什麼，連忙鬆開江書恆的領口。

「原、原來這關關主是皓皓啊。」紀安辛努力地用著平常輕浮的語氣、佯裝自然地開口說話。

「對、對啊，我剛剛在那邊等到睡著了，突然聽到『模糊不清』的說話聲，才發現你們來了，想說要嚇嚇你們，哈哈哈哈。」俞皓也是努力以零分演技裝傻著。

「哈、哈哈哈哈，我嚇了好大一跳，呼～」紀安辛配合做出害怕的表情。

雖然誰都知道兩人的對話有多不自然跟尷尬，但這種時候也只能含糊其辭地帶過，硬是堅持瞎聊了一陣子。

「皓皓幫我蓋個章吧，這樣我們就都完成任務了。」紀安辛一整晚撐著不舒服的腳硬走一大段山坡路，接著又跟江書恆辯駁，不管身心都疲勞到極點，現在只想一個人躲起來好好休息。

「喔、喔，好啊。」俞皓大力點頭，拿出通關章給他蓋上。一整晚的折騰也讓俞皓勞累不已，完成了最後任務就代表他可以回宿舍睡大頭覺了。

眾人各懷心思，但有志一同打算就地解散，正想說出口的瞬間，一個詭異的人影從另外一側的陰影處搖搖晃晃地走出。

「紀安辛你真噁心，竟然敢瓢竊我的心血！」一個瘦高的男同學突然對著他們大吼。

「那些文字都是我的切切真心，花了一個月的時間構思完成的！我本來不求讓書恆知道我是誰，只想讓他知道有個人在背後這樣喜歡他……沒想到這番體貼卻成了『有心人士』的階梯，一個兩個三個冒出來盜竊我的點子，廉價的情書一封一封地出現，搞得我的心意也廉價了起來……」

眾人看著這個奇怪的陌生男同學忍不住困惑，這傢伙是誰？不顧眾人的疑惑，看似受到什麼打擊而委屈的男子不停聲淚俱下的嘶吼。

「讓我感到被背叛的還有你！」莫名出現、莫名崩潰的男同學轉向江書恆，一臉哀痛欲絕，「你竟然還從這些盜版貨中交了女朋友……你究竟要踐踏我的心意到什麼樣的程度才滿意！」

「這傢伙是不是有什麼問題啊？」俞皓小聲地跟最靠近他的時燁咬耳朵。

「嗯，不要理他。」時燁才不想管別人家的事情，拉著俞皓就想從旁邊偷溜離開。

「欸，這麼精采要站搖滾區啊。而且人多勢眾，我去幫紀安辛壯膽。」俞皓不但沒有任他拉走，反而往前了幾步站到紀安辛旁邊，時煒和嚴正宇沒興致就往旁邊站，陌生同學沒發現他們的動作，依然滔滔不絕地發表著自己的心情。

「我因此飽受折磨跟傷害，不敢相信我的書恆會這麼的膚淺！結果原來是紀安辛這個混帳冒用了我的真心，假裝是自己的啊！所以我的書恆才會交女朋友吧？為了想趕走這個混帳，對吧？對嘛？一定是這樣吧？」

眾人不知道該怎麼應付這個突然冒出來就是一陣瞎吼的同學，只能任憑他不停失控抱怨。紀安辛聽著聽著，猜出來這個人就是最初那封情書的撰寫者，也是刺激他寫出第二封情書的導火線。看著對方心碎又恍惚的模樣，紀安辛尷尬之餘也為對方就這樣說出他的祕密慌亂。

「欸，同學，你先冷靜一點吧！」俞皓看現場眾人都不說話，只好硬著頭皮站出來。

「局外人閉嘴！該死的紀安辛！」陌生同學突然朝他們方向大吼，搖晃著身體像是喪屍一樣移動過來。

「沒有他的話，我的書恆就自由了吧？就不用勉強交什麼女朋友了吧？沒錯，我是為了救他啊……」男同學一手咬著指甲，低語著什麼似地念念有詞，腳步持續靠向眾人。

俞皓見狀直覺就把紀安辛擋住，江書恆也迅速地將對方拉到身後，不知不覺間俞皓一個人站到了最前線。

「滾開小矮子！我今天要替天行道！」本來動作緩慢的面生同學突然激動，一直被忽略的另一手從後方掏出一把水果刀，瞬間暴衝至眼前，舉起亮晃晃的刀刺向俞皓。

江書恆情急之中迅速把紀安辛拉入懷中保護，這個舉動反而讓俞皓成了清楚的攻擊目標。而俞皓已經嚇傻，他沒想過自己會被鎖定，直覺想要後退卻因腳傷跌倒在地，倉促間只夠時間擋住自己的臉。

媽呀，真是倒楣！長得矮有錯嗎⁉這傢伙是靠身高分辨誰是紀安辛的嗎⁉俞皓倒在地上哀嘆，等待著利刃刺入的瞬間，卻只感覺到疾風隨著一陣咆哮擋在了他的面前。

「吼——」野生動物的尖厲吼叫讓俞皓膽顫心驚地張開眼睛，他發現一頭黑豹撲倒攻擊者，替他擋下了攻擊，熟悉的身影讓他安心的同時也驚覺——

時燁在大家面前變身了!?

被突然出現的黑豹咬著手，就算力道不大，陌生同學依然嚇暈過去了。危機解除之後，所有人又是一陣沉默。紀安辛和張書恆不明所以，只是看著眼前的黑豹和地上時燁的衣服若有所思；而原本和時燁待在後頭，全程目睹的嚴正宇更是無法言語。雖然早有揣測，但這麼離奇的事情發生在自己眼前依然不可置信。

時燁黑豹知道自己讓祕密曝光了，明明有這麼多可能避開危險的辦法，但他仍下意識地順從直覺變身。懊惱的時燁黑豹朝俞皓咆哮了一聲，迅速地竄入黑夜中逃離現場。

俞皓手腳並用地爬到時燁落下的衣服旁邊，將它們捲成一團，塞進自己衣服裡頭。他不知道該怎麼做才能幫時燁圓場，時燁是為了自己才陷入祕密曝光的危機中，他到底該怎麼做!?

「啊、啊，那個……這傢伙該怎麼辦？」俞皓不提時燁的事情，用著祈求又尷尬的眼神注視著眾人。

「呃……」紀安辛被一連串發生的事情嚇呆了，雖然覺得有什麼需要說的，卻一點靈感也沒有。

「請正宇學弟把他背回去吧。」江書恆摸摸紀安辛驚魂未定的臉，冷靜地下了指示。

「不要，你自己處理。」嚴正宇不爽，直接拒絕。

「你也看到他是針對我來的，萬一我來處理，會直接刺激到他。」江書恆理性說服嚴正宇，「然後安安跟俞皓都受傷不方便，你知道自己是最適合的人選。」

「不如把他就丟在這裡？」嚴正宇毫不在乎對方的安危。

「你應該知道，我們現在最好盡快離開。」江書恆瞄了俞皓一眼，他不安地抱緊自己肚子處的一大圈鼓起，哀求地看著嚴正宇。

嚴正宇軟硬不吃，就是禁不住學長的哀求，板著一張臉將對方扛在肩膀上像布袋一樣帶走了。

眾人互相攙扶著迅速離開現場，兵荒馬亂中沒有人發現不遠處草叢的異動，直到他們走到不見人影才從中爬出。

「哇靠！」剛剛大氣不敢吐的M子終於能激動地大喊。

「我、我們剛剛看到了什麼啊……」A子拿著相機一臉傻樣地自我懷疑。

「是不是、是不是……變身了？」拿著手機的Y子渾身顫抖著。

「妳們也看到了？」M子本來還懷疑是不是距離太遠，自己看花了眼。

「確實看到了……」A子點頭。

「雖然天色很黑，可是人突然消失變成黑豹……實在、實在太明顯了！」Y子吞嚥著口水，結巴著說。

「欸，今天這件事情很嚴重！你們誰都不准說！」回過神來，A子馬上警告兩人。

「當然啊！這種事情怎麼能說啊——！」另外兩人覺得這懷疑根本是汙辱她們人格，激動地搖頭大喊。

「那就好！我們現在都把今天晚上的照片刪除！然後發誓絕對不說出去！」A子率先把自己的相機打開，把今天一整晚的照片都刪除。

她們三個本來以為今天試膽大會，應該可以拍到什麼甜蜜畫面，偷偷摸摸地跟上俞皓等人的腳步，躲藏在樹叢間偷拍偷聽，本來是平常做慣的事情，卻沒想到卻意外成了重大事件的目擊者。她們都是因為喜歡他們而關注著三人動向，平常雖然會拍一些曖昧照片，腦補編織一些激情八卦的話題，但從來沒有想要危害本人。今天這件事情這麼嚴重，怎麼可以拿出來散布，另外兩人立刻附議照做。

「啊、啊啊啊啊啊啊！」Y子在要刪除照片時赫然發現一件事情，忍不住失聲尖叫，「我、我開著直播——」

「妳這個智障！快關掉啊！」M子立刻搶過對方手機關掉畫面。

「怎、怎麼辦……」Y子覺得自己犯下了滔天大錯，哭著問另外兩個小夥伴。

「妳為什麼要開直播啦！」M子氣壞了，「不是說好不可以直接曝光嗎？」

「我一開始都沒有開的！是那個怪怪的同學出現，我、我怕有什麼萬一才開直播想說如果那傢伙起笑了，有人能立即求救……我根本不知道會有這樣的事情啊啊啊啊啊——」Y子崩潰。

「剛剛我們有沒有說出名字？」A子開始思考著。

「沒有沒有！」Y子連忙搖頭，「我們什麼都沒有說，而且這麼暗，我的手機應該沒有拍清楚！」她連忙打開自己的手機，回放剛才的畫面。

三人膽顫心驚地看著畫面，終於安心下來。畫面一片模糊，雖然看到幾個人影但完全無法辨識是誰，不過有個穿制服的身影瞬間變成一團黑影的畫面，還有黑豹怒吼的聲音都完整地被錄了下來。

「剛剛收看直播的人應該有一百個……」畢竟是蒸魚派主力成員，訂閱的粉絲不在少數。

「妳現在把整個帳號刪除吧！」A子無計可施，只能盡量把來源根除。
「你用的也是小號吧？沒有確切個人資料的帳號。」M子詢問。
像她們這種容易有爭議的興趣，通常會開立與自己本帳完全無關的小號來避免爭議惹到自己身上。
只要Y子沒有曝光過自己的身分，就算影片不幸被散布，至少……至少不會讓人這麼快聯想到本人吧？
「當然沒有！我現在就把這個帳號刪除！」Y子立刻聽話照做，「這樣應該可以了吧？安全了嗎？」
「……只希望沒有人已經下載了。」A子非常擔心。
「如果有怎麼辦？」Y子再次淚眼汪汪。
「矢口否認啊。就跟尼斯湖水怪一樣，一切都是捕風捉影的合成影片，一看到類似的討論就淨化，知道了嗎！」M子嚴厲地警告大家。
三位本來只是因為有趣而開始經營CP話題的少女，卻意外目擊了這麼重大的事件，害怕又不安地決定除了守口如瓶之外，還要努力防止話題延燒到本人的可能。

在皎潔的月光下，為了解決自己造成的惡果，三人一同發下誓言。

第六章　危機解除……？

隔天，俞皓和時燁討論一宿後，決定去找當天目擊的人逐個談談。

俞皓一路上悶悶不樂，覺得時燁的祕密會曝光都是他害的，他總是給時燁帶來麻煩。然而時燁卻一次又一次地不顧自己的危機來幫助他。他除了餵食對方以外，卻一點也無能為力，這種感覺太悶了。

「別想太多，已經發生了也沒辦法。」時燁看著俞皓愁眉苦臉就知道這傢伙又陷入了自責中。反而是時燁本人泰然自若，沒有受到任何影響。

「唉唷，你怎麼一點都不緊張？」俞皓抓抓頭，搞不懂這大爺怎麼這麼冷靜。

「家族以前也發生過類似的事情。」時燁輕描淡寫地分享，「我爸媽就是負責處理類似的事情。」

「怎麼處理？」俞皓聽說可以處理，精神就恢復了，立刻八卦起來。

「看程度跟對方背景吧。」時燁回想自己聽過的父母工作，「依稀記得有幾個常用的，如果是輕微程度就催眠，嚴重點的就抹殺。」

「抹、抹殺!?」俞皓心慌。是自己想的那種抹殺嗎？

「嗯，把想要散布的人捏造成滿口謊言、只想譁眾取寵的騙子就行了，這樣他說什麼都不會有人相信。」時燁一派悠閒地補充。

「喔、喔，是這種抹殺啊……」雖然聽起來也很可怕，但總歸不是殺人這麼恐怖。

「嗯，畢竟現在是文明時代了。」時燁沒有補充，也是有直接暗殺了事的情況發生。

「對、對啊！大家好好坐下來談啊！大家人都很好，不會說出去的。」俞皓連忙給自己的朋友們下保證。

「只有嘴巴說說是還好，只要沒有監視器或錄影機就會比較好解決。」時燁一點也不信賴那些人，只是如果牽扯到家族，他可能要被迫離開這裡，因此他決定私下將這件事情隱瞞下來。

「沒有沒有，昨天大家都沒有拿手機出來。還好昨天那個同學也沒看到你變身的過程，只要拜託大家保守祕密就可以了。」俞皓越想越覺得放心，整個人鬆懈下來後，開始關心起時燁家族的祕密。

「催眠這麼厲害啊？可以讓人完全忘記自己看到什麼嗎？」

「嗯，如果情節不嚴重的話，就會用催眠，讓對方以為自己看到的只是錯覺或是夢。」

「聽起來很厲害，那如果紀安辛他們不聽話就抓去催眠好了！」俞皓開著玩笑。

「那連你也要一起催眠。」時燁看著俞皓，「所有和事件相關的人都要催眠而且隔絕。」

「為什麼!?」俞皓不解，「我本來就是你這邊的人啊。」

「催眠是透過暗示改變記憶，但可能會因為刺激而恢復。因此會一次把相關人士都處理掉，如果這次要透過催眠來處理，你也會在名單中。」時燁替他說明。

如果俞皓也被催眠了，他們兩個人會回到一開始不曾認識的時候。然後自己被迫轉學，連一點痕跡都不會在俞皓心中留下。只有他一個人永遠記得兩個人的回憶，在十萬八千里遠的地方，再也無法相見。他不願意變成這樣，這也正是他決定賭一把，相信紀安辛他們的原因。

「不要！」俞皓一聽就大聲拒絕，「不可以改變我的記憶啦！這樣也太過分了吧。」

「你剛剛還說要把紀安辛他們抓去催眠的。」時燁提醒他。

「那是因為他們跟你又沒有什麼重要的關係在！被催眠了也不痛不癢啊。」俞皓想著自己被催眠的假設變得悶悶不樂，「我跟你之間有多少重要的回憶，我不想忘記。」

「……我也是。」時燁摸摸俞皓的頭頂，低聲地回應他。

為了俞皓，他賭上太多的危險，然而就因為是這傢伙，他甘之如飴。短短時間和他共同交集出的回憶，已經占據了他人生最重要的片段，縱使未來還那麼長，他依然有信心會是這輩子最重要的時光。

「不可以被催眠！我會拜託大家不要說出去的！」明白了嚴重性的俞皓握著拳頭表示自己的決心，「就算要下跪或是給人做牛做馬都可以。」

「你已經為我做牛做馬了，沒有二次販賣的資格。」時燁揪住他的耳朵提醒。這傢伙老是想要超賣自己，沒有想過原始買家的感受嗎？

兩人談笑的同時，抵達了第一站。

「你們不用擔心我，我不會說的，否則天打雷劈，被車撞死！」紀安辛坐在板

凳上看著田徑社員練習。發現到來的兩人，立刻三指發誓表示自己的真心誠意。

「安安，你果然是我的好朋友！」俞皓感動地握著他的手。

「不准叫我安安！」紀安辛憤怒甩開他的手，好奇地問，「其實這件事情還滿酷的，要不是當天親眼目睹，我根本不會相信。話說時燁是可以變成任何動物還是只能變黑豹啊？」

「什麼動物都可以喔！」俞皓覺得對方已經是自己人了，誠實又有點炫耀地回答，「蜜袋鼯、黃金鼠、博美狗，什麼都可以啦。」

「喔喔喔，好酷喔……咦咦——」本來還覺得有趣的紀安辛突然想到什麼似的憤怒大叫，「等等，所以你的小寵物根本就是時燁嘛！這樣我之前跟你說的真心話，這傢伙不都也聽到了嗎？」

俞皓只能心虛地摸摸鼻子，看著天空不敢說話。

紀安辛氣得想一把抓過躲在時燁身旁的俞皓，捏爆他的臉頰，但時燁刻意擋在兩人之間，讓他無從下手。

「你就不要給我落單！」紀安辛惡狠狠地放話。

「時燁才不會放我一個人～」俞皓深具信心。

「走開走開，不要在我這邊放閃。」

「那……你跟江書恆也和好了嗎？」

「本來就沒有吵架，根本就不用和好。那天回來，他就說事關重大，當作什麼都沒發生，也不要提。一開始我覺得很對，後來又覺得好像被矇混過去了。但我也沒有再說一次的勇氣，就算了。」講到自己的煩惱，紀安辛又愁眉苦臉了起來。

「唉……老樣子、老樣子！」紀安辛伸展著身體，打著呵欠像是不在意的樣子，「我們啊，大概這輩子都是這樣了，不上不下的攪和在一起。」

「至少他對你的關心是真的。」俞皓回想那晚，江書恆對紀安辛的種種態度，總覺得不單純，但他又不敢亂說。

「我知道，所以才一直是這樣子。」紀安辛撐著下巴看著不遠處練習中的江書恆，對方恰巧轉過頭來，對他比了比手勢又轉頭。

「他是什麼意思？」俞皓好奇地看著紀安辛，向他扮鬼臉。

「他在監視我，叫我不准亂跑。」紀安辛翻個白眼，「那天的事情讓他控制狂症狀加重了好幾倍，我現在行程被管控得比小學生還嚴格。」

「不反抗了？」

「先安分幾天再說，萬一真的惹毛他，我這一年怎麼過。」紀安辛看著江書恆時不時就轉頭看他是不是還在原地的多疑心，忍不住送對方一根中指，「昨天發生一堆亂七八糟的事，反而讓我冷靜下來了。看那個同學這樣總覺得很難過。沒有誰的心意比較珍貴，如果結局都是一樣不被需要的，那麼說跟不說，也只是我自己爽而已。」

紀安辛轉回視線，向著兩人做了個加油的手勢。

「比起我的問題，你們的更讓人頭痛吧？」

「他不會放手的。」時燁突然插話。

「嗯？你說阿恆嗎？」紀安辛有點反應不過來，「哈哈哈哈，不會啦！他有了女朋友就沒心情管我吧。」

「你小心一點吧。」時燁該給的提醒給了，也就不多說，拉著俞皓走向江書恆。

「你剛剛說的是什麼意思啊？」俞皓疑惑。

「江書恆對紀安辛的執著，跟你們兩個想的都不一樣。」時燁說。

「說清楚點啦？」俞皓還沒問到答案，就被拉到江書恆面前了。

「喔，你們來了。」江書恆看他們走來，停下腳步迎向前，主動地對他們微笑說，「我們都會保守祕密的，昨天謝謝你們的幫忙。」

「我也會幫你保守祕密。」時燁看著江書恆，點頭交換了個眼神。

「……謝謝。」江書恆愣了一下才回答，但卻不多說也不多問。

和江書恆的談話很短地就結束了，時燁拖著一頭霧水的俞皓離開現場，惹得俞皓憤怒抗議。

「你們兩個人打什麼啞謎啦！」

「我剛剛和他交換條件，互相保密了。」

「可惡欸，你們這些聰明的人就是這樣拐彎抹角的討人厭啦！你怎麼可以跟他有祕密！還在我面前說！這樣我聽不懂很傻欸。」

「我只是故意刺激他而已。」時燁看著俞皓氣鼓著臉頰，忍不住伸手捏了兩把，「江書恆以為自己能控制一切，等到失控的時候就會受到教訓了，你就等著看吧。」

「你太壞了。不能等著看人家熱鬧吧？」

「只有當他受到教訓，才會知道紀安辛不會一直被他掌握，唯有這樣，紀安辛才有可能扳回一城。」時燁不想他誤會自己，只好解釋。

「喔，我聽不懂。」俞皓很老實地說，「但你說對紀安辛有好處的話，我就不說你壞了。」

「……我有時候在想，你到底是真傻還是真聰明，實在很懂得控制我。」時燁嘆氣。俞皓這傢伙就是什麼都不用做，眉頭一皺，他就會甘心幫他打點好一切。如果俞皓擔心紀安辛，那他就只好多管閒事了。

「我當然是真聰明！」俞皓雖然不懂時燁說什麼，但嘴上一定要給自己點面子，「你終於知道了吧。」

兩人走走停停到了戶外籃球場處，嚴正宇正一個人進行自主訓練。

「學長。」嚴正宇難得看到俞皓沒有立刻歡喜迎接，說話聲夾雜著幾分委屈。

可惜俞皓沒發現，時燁則冷哼略過。

「正宇在練習啊。」俞皓不知道怎麼開口提到正事，而時燁遇到嚴正宇就討人厭毛病發作，死不開口，害他只能尷尬找話題。

「嗯……學長不用擔心，我知道你想說的。」嚴正宇無法讓俞皓難過，主動開口，「雖然我討厭這傢伙，但我不會讓你為難的。」

「嗯嗯嗯！正宇果然是好孩子！」俞皓看問題這麼容易就解決很開心，伸手就想摸摸嚴正宇的頭，而對方依然乖巧地迅速蹲低，只是這次蹲著一臉委屈。

「學長，我覺得很不公平。」嚴正宇說道。

「什麼？」這種過度暗示的控訴，俞皓是聽不懂的。

「因為他有這種祕密，學長就對他特別好；我沒有祕密，學長就不會對我特別好。這樣不公平。」嚴正宇很仔細地陳述著。

「嘖。」時燁看他這副模樣就生氣。

平常一張別人都是智障的面癱臉，對俞皓就敢百般賴皮撒嬌，一個一百八十公分的傢伙還真有臉。

時燁完全忘記自己在俞皓面前才是真正的賴皮撒嬌，滿臉不屑地看著嚴正宇。

「嗯？這個有什麼公平不公平的嗎？」無奈兩個人的小心機，在遲鈍的俞皓面前卻是一點用也沒有。

「哎呀，你不要老是跟時燁比。你們各自有各自的帥跟各自的擁護者啦！要我這個不受歡迎的人來安慰你們真的很奇怪耶！校園男神可以有兩個啊！你們兩個不要為了這個頭銜互相針對好不好，這樣我很辛苦。」

如果說時燁一開始還有點緊張，怕嚴正宇的無恥撒嬌會影響俞皓，但看完俞皓反應之後，他就開始同情對方了。

俞皓神經不是一般粗就算了，他是完全沒發現嚴正宇所求為何。

他們兩個人的比賽，自以為如火如荼，其實裁判根本沒有吹響開始的哨音，連起跑點都沒有看見。

「學……長……啊……」嚴正宇無奈地發出長音，把學長兩個字叫得哀怨，俞皓歪頭表示困惑。

「幹麼？肚子餓了？」俞皓聽出對方的委屈，但完全解讀錯誤，「那我們去做點點心來吃好啦！」

「好，那只做給我吃？」雖然再一次直球投擲失敗，但嚴正宇已經從高一的失敗中發現自己再這樣下去只能把學長拱手讓給路邊跑出來的程咬金了。為了不被攔胡，彆扭的中二病少年迅速地成長為無恥的勇者。

時燁聽到嚴正宇光明正大的排擠他，生氣地攬住俞皓的左邊肩膀，暗示對方自己還在呢！少給我爬牆。

嚴正宇看時燁大動作宣示主權，也不甘示弱地地壓上俞皓的右邊肩膀。

俞皓不能理解兩人為何又拿他來當槍使，就不能自己滾去旁邊打一架嗎？他才一百六十多，現在被兩枚一百八十的壯漢壓在底下，自己宛如孫悟空一般壓在巨山下，還一次兩座！

「欸欸欸，你們兩個鬆手啦！萬一把我壓矮了，長不高誰負責！」俞皓一個舉手，大動作地甩開兩人。

「我負責！」這次兩人又異口同聲地看著他說，「你選一個負責。」

俞皓要被這兩人逼瘋了，沒有意義的選擇遊戲又再次出現。

「誰能讓我長高，我就選誰！」俞皓自暴自棄地大聲怒吼。

「明天開始我餐餐給你大骨湯喝，一年內長高二十公分沒問題。」時燁信口開河地呼攏俞皓。

「牛奶、羊奶、兩倍鈣質乳，學長，我們直接補充鈣質，一定可以長得跟大樹一樣高。」

盛夏暑假的尾聲，少年們的關係悄然地產生變化了，只有主人公俞皓就像位處颱風眼中心，絲毫不明白，一個人獨自晴朗著。

後記

我一直以為身為出版相關人士的自己應該是最能理解編輯苦衷的作者，結果我拖、稿、了！拖到天荒地老海枯石爛，幾乎要延後出書的地步，一邊夾著尾巴一邊寫著後記的我，只能以讚美我的責編跟金碩珍一樣世界帥來謝罪，感謝他的包容和等待，雖然他後來照三餐跟我打招呼的時候，我一直拉肚子，但我還是愛他的。

更是萬分感謝我的女神ＭＡＥ大人，沒想到因為寵物而結了一段良緣，比起跟責編說話，我反而更常跟她說話討論劇情（哪裡錯了）。女神說我一直抹黑她喜歡畫內褲，她覺得心靈受創，我這邊要鄭重地幫她平反，她其實更喜歡的是脫內褲喔（被揍）。謝謝她在自己百忙的工作中擠出時間畫出了這麼棒的圖，男孩們一起玩水什麼的，人魚線還有充滿陰影的水珠，真是太棒惹。

感謝我的小夥伴野都，在百忙之中毫不猶豫地參加了我的計畫，用另外一種風格畫出了時燁跟皓皓的封面圖，我沒想過你能畫這麼撩的圖欸。

第一集出版後能夠再版、有機會推出第二集以及特裝版，這一切的機會都是購買本書的讀者們給予我的珍貴禮物，尤其是願意購買第二集的讀者，就代表你們因為封面無敵美購買之後，還算喜歡劇情而購買了第二集，真是真是非常感謝（桃桃的各種握手搓揉舔舔）。

第二集雖然沒有副書名，但它有一個主軸就是「無法傳遞的真心」，（啊，防彈粉絲一定知道由來嘿嘿）總之就是每個人有各自的祕密以及說不出口的話，讓少年們的暑假充滿了波折。每個人都被捲入了風暴之中，心情正在劇烈的變化，只有位處颱風眼的俞皓波瀾不驚，不愧是我最粗神經的可愛鬼。蠢到了某種地步就變成了一種聰明，這一集也靠著俞皓各種沒心眼，讓故事愉快地進行著。

第一集就相當活躍的女孩們在這一集也推進了重要的劇情，每個角色都因為故事中的大大小小日常，在自己的青春中體驗著酸甜苦辣。角色的成長與改變一直是我很在意的事情，大家都是活生生有著自己個性和靈魂的人唷，每次有人說喜歡配角就會讓我很開心呢！

這一集讓第一集就出現的紀安辛擔任重要角色也是早就安排好的，將「戀愛」這件事情拉到檯面上來了！

因應著前陣子關於同性婚姻的議題，我也很慎重地處理著少年們的感情變化，希望能透過閱讀傳達不同的立場與心境。在傳統教育上長大的俞皓不曾思考過同性感情的可能，直到自己身邊出現了這樣的朋友，才開始學著理解，這也是我自己親身的經驗，希望能像日常所發生的事情自然地推進故事、希望能閱讀起來合理、希望能將想傳達的事物自然地置入，因為想了這些所以反而前進得很困難。雖然很多朋友都說在ＢＬ的世界計較這個實在太不娛樂了，但我還是希望能有一些什麼透過故事傳達給讀者。

第一集出版後，有許多讀者寫信給我，甚至有讀者寫了一整本的心得給我，將故事中所有的小細節鉅細彌遺地分析出來，讓我非常感動，也希望續集能夠讓你們都還滿意，拜託大家多多來跟我說話互動喔，我也會熱情洋溢地回應的。

對不起，這依然是沒有脫下褲子的故事QAQ。

趕稿暴風雨中即將凋零的柾國向日葵桃桃跪謝各位大人點檯，我們下集再見。

後日談　M子的某一天

發生了這麼大的事情，不管是A子、M子、Y子都無心再追腐、經營社群了。每天滿腦子都是那天晚上自己看見的片段，三個人為了監督祕密有沒有被曝光，反而變得患得患失。時時刻刻都要上網搜尋關鍵字，就怕時燁的祕密被挖出。

而就像他們所猜測的，確實有人將直播影片抓了下來，將變身片段剪輯成短片，不停散布著。幸好影片畫質太渣，大家都傾向又是後製而成的，雖然迅速傳播開來，但目前沒有人發現影中人的背景。

每天擔心受怕地點開網頁，確定沒有出現關鍵字之後，M子才能放下心來，不知不覺中，暑假就在這樣的折磨中結束了。

也是第一次，她開始思考，因為喜歡時燁跟俞皓的互動而開始的跟蹤行為與腦補創作，其實不是無傷大雅的個人興趣。這讓她喜歡的人捲入了危機中。做了壞事的內疚感讓M子相當痛苦，習慣性地窩在草叢陰影處，這會讓她覺得安全許多，然而這種隱密的地方通常也是容易發生事件的地方，M子再次被迫聽到了重大的祕密。

「你知道那天晚上的影片在網路上流傳嗎？」消息靈通的江書恆發現了這件事情，特別將時燁單獨找出來談話。

「嗯，我知道。」時燁點頭。

「幸好畫質很差，目前還沒有人聯想到你身上。只是你有什麼對策嗎？」

「目前先靜觀其變，就像你說的，風暴還沒有連結到我身上。」時燁沒想到那天竟然有人錄影偷拍，他心中也有些擔心，但實在不想跟家族說，只好先觀察。

「需要幫忙的話就說一聲，你們獨自承擔這個祕密很辛苦吧？」與紀安辛無關的話，江書恆都是溫柔且樂意幫助人的。

「謝謝。」時燁雖然意外對方會想管閒事，但關心的話聽了還是舒服的。

「我也謝謝你們，幫了安安很多。」江書恆扶了扶自己的眼鏡，頭痛地說：「他那陣子心情不是很穩定，謝謝你跟俞皓陪著。結束集訓後，我們陸續聊了很多，孩子長大就急著飛，也不管自己翅膀還沒長硬。」

「你不可能一輩子控制著他。」既然對方釋出善意，時燁也友善提醒，「你不說他不會懂的，還會覺得自己受傷了。」

「……安安媽媽過世的時候，跟我說安安拜託我了。那時候我覺得很煩，覺得這傢伙就像甩不掉的尾巴。但八歲那年我看著他在病房戴著氧氣罩的樣子，才知道他那麼小那麼脆弱，我沒看好就會不見了。」江書恆想著過去的事情還是心有餘悸，用手機發了個圖片給紀安辛，直到對方回應才放下心，「我希望他二十四小時都在我的眼前，我才能知道他是安全的。」

「他是獨立的個體，也有自己選擇的能力，不會一直聽你安排的，這次就是很好的證明。」

「我知道，所以我會用各種方法軟硬兼施控制住的。」江書恆確定了紀安辛的狀況，恢復了從容微笑，「我很懂他。」

「我說會幫你保守祕密，但我也想問你，為什麼要故意交女朋友？這樣只會更刺激他不是嗎？你其實知道第二封情書是他寫的。」

「在我們都足夠堅強面對之前，我需要打造一個不惹人懷疑的形象，這樣對我跟他來說才是最安全的。」江書恆無奈地嘆氣，「那傢伙怎麼會覺得我認不出他的筆跡？」

「為什麼不跟他討論？」時燁無法理解江書恆如此大費周章、拐彎抹角的理由。

「他連隱藏自己心意都做不好，我沒有選擇，只能連他都騙了。」江書恆拿下眼鏡，疲勞地揉揉鼻梁，「一時間會讓他覺得很痛苦，但過了就會好的。我會很自然的因為畢業分手，到那個時候就好了。」

「然後上了大學之後，又考慮到輿論再交一個？」

「如果有必要的話，就會這樣安排。」

「這樣不會把人越推越遠？對方不會理解你的苦心。」

「他不用懂，我會處理好的。他跑了的話，我會抓回來。」

「突然覺得他還滿可憐的。」時燁想著紀安辛什麼都不知道的傷心模樣，突然同情了起來。紀安辛還在努力想從失戀中站起，卻不知道自己所有的悲傷情緒都是對方計畫中的犧牲品。

「這也是沒辦法的事情。」江書恆推推眼鏡，輕輕地微笑，「越是遠大的目標，就要步步為營計畫好，才能妥善執行不是嗎？短期的痛苦是為了長期的安全。」

「嗯，個人有個人的做法。」時燁看江書恆溫和地暗示拒絕，也就不多勸說。

「你呢？你就不擔心自己抓不牢？」江書恆詢問。他可不覺得對方沒有私心。

「最牢靠的抓法，應該是讓他抓著我。」時燁微笑。他當然也有自己的私心，但和江書恆的絕對控制不同。他只會給俞皓更多的好，累積更多的情感，讓對方捨不得放開。

這樣才是最牢的抓法。因為他是不會放開的。

「嗯，個人有個人的做法。」江書恆不置可否。大家做法不同，也沒興趣干涉。他信奉著事前規劃準備得越詳細，之後才能依照自己的沙盤推演完美執行，或許紀安辛一時不懂，十年二十年後，他會明白他的苦心的。

兩個人的談話到了一個段落，交換了情報與互相抵押祕密，就各自分開回教室了，談話乾淨俐落不拖泥帶水。

然而他們沒想到這裡有人在呢。

躲在樹叢後面大氣不敢出的M子將嘴巴摀得死緊，她沒想到會聽到這麼大的八卦。她到底要驚嘆恆星女孩沒瓦解，而且外表斯文可靠的江書恆根本是個大腹黑，還是要尖叫自己追的CP原來是真的!?

M子直覺地就要將這個訊息傳給其他小夥伴知道，然而訊息沒打完幾個字，她馬上飛速地倒退鍵刪除，用力打了自己一巴掌。

怎麼這麼快就忘了這次的教訓呢！說好不再打探目標的祕密，要把空間還給人家的！就算再怎麼喜歡，男神也是人，有自己的生活隱私。如果她們所幻想的事情是真實的，她應該更加呵護他們才是。

她還是喜歡食魚、還是支持著他們，但她必須學會尊重。否則就會逼得他們像江書恆一樣，為了保護自己而撒謊。

M子深呼吸了幾口氣，將自己所有偷拍的紀錄一次刪除。

特別收錄番外篇　南柯一夢終究是夢？

「我——已經不能習慣和你分開了。」

時燁從夢中驚醒，看著自己身邊躺著呼嚕大睡的少年，心臟撲通撲通跳著。

睡不著……他的思緒沉浮在半夢半醒間，任由俞皓近乎夢囈的聲音環繞在耳邊、敲擊心臟，無法消停。

自己不知道什麼時候變回了人形。看著被他擠到牆角蜷縮著身子的俞皓，時燁著魔似地伸出手。從眉毛到嘴脣、從下顎到喉結，每一個觸摸都讓對方輕哼，這讓時燁為此著迷。

俞皓對他的碰觸有所反應……就像他，也會因為這個人而激動。

時燁輕輕地靠向俞皓，以手肘撐起身體，將他壓在身下卻不直接碰觸，維持著一點距離看著他。

像小狗一樣大大圓圓的眼睛被隱藏在薄薄的眼皮底下，因為受到他的騷擾而不安地顫動著。時燁鼓起勇氣，輕輕地在俞皓眼尾印下一個吻。

然後他看著俞皓慢慢張開眼睛，好奇地看著他。

「……你在幹麼？」帶著些許睏倦，俞皓半張著眼，軟聲詢問。

時燁用動作代替回答，這次是將吻印在俞皓的嘴角。

「嗯？」俞皓看起來有些不解，眨著迷濛的雙眼望著他。

時燁感覺自己就像被他的眼睛蠱惑，親吻不停落下。從眉毛到嘴唇、從下顎到喉結，那些之前只敢用手觸碰的地方、他渴望的地方，這次他鼓起勇氣，全部品嘗了一遍又一遍。

沒有味道。

沒有甜味，沒有檸檬味，就是肌膚碰觸的感覺，甚至有一些粗糙。但看著對方因為這些碰觸，笑瞇著眼睛躲避、嘴裡嚷著「好癢」的聲音，所有的一切都讓他喜歡，沉醉其中。

「看著我。」時燁把自己身體重量壓在俞皓身上，低沉著聲音呼喚。看對方昏沉之間，勉強張開又闔上眼的迷糊模樣，忍不住笑著印下了更多的親吻。

「唔唔唔……不要弄，很癢。」

時燁聽俞皓咕噥著、瞇著眼睛、手輕推他的胸膛，便更加大膽地一手扣住俞皓雙手腕、一手攬向他的腰際，讓兩人的身體更加貼合。

「看著我。」時燁繼續央求。手指開始糾纏俞皓的手指，一根、兩根，干擾對方入睡，「就像你說的，不能離開我。」

「嗯……會一直、一直在一起的。」俞皓邊打瞌睡邊承諾。

時燁抬起俞皓的下巴，加深了原本輕觸而止的吻，舌尖沿著嘴脣滑入，一點一點地深入，雖然沒有得到回應，入侵卻是被全盤接受了。

（你是醒著？還是我睡著了？）

時燁吻得越深，就越感覺懷疑。現在抱著乖巧到不像話的人，真的是俞皓嗎？還是自己正在夢中呢？所有的越界舉動都因為可能是夢而獲得縱容。不過不管清醒與否，他都想繼續下去──更用力地擁抱、更用力地親吻，直到對方呼喊他的名字。

離開對方唇瓣，時燁貪婪地舔拭他的每一寸肌膚，想要添加更多印記。為什麼會這麼渴望一個人呢？就算對方毫無回應，還是抱持著幾乎焚燒自己的灼熱，僅僅只是碰觸對方就足以自燃。

「看著我、看著我……」時燁輕聲呼喚。

是不是所有的人都一樣，在發現自己的心情之後，渴望便突然竄升。希望被呼喚、希望被注視，希望擁有對方的一切，也只被他一個人擁有。

這種隱晦的心思能夠被成全嗎？只有在夢中吧。

「只屬於我一個人吧。」時燁的啄吻來到了俞皓頸間，上面還留著他尚未明白自己心意時咬下的淡淡齒痕。毫無猶豫地，他再次覆上那個痕跡，這次改以親吻和吸吮添上痕跡。

「像你說的，不要離開我，一直在一起。要我付出什麼代價都可以，我真的是被你控制住了。」

像是找不到答案而無法結束的遊戲，時燁的吻如驟雨般落下。直到他疲倦、直到他昏沉入眠，他都懷疑著自己究竟是在夢中還是醒著？

「時——燁！」

讓時燁徹底清醒的，是俞皓吵鬧的大嗓門。

揉著眼睛，時燁覺得自己還沒睡飽。昨天的夢境讓他耗盡了精神，像是一整個晚上都沒睡。

「跟你說了房間很小，想睡要變成蜜袋鼯啊！早上醒來發現旁邊睡著一個裸男很驚悚欸！」俞皓看時燁難得的迷糊樣，大膽地掐著對方臉頰拉扯。

「我也不知道什麼時候變身的。」時燁拍開他的手。

夢果然是夢，夢醒了之後還是老樣子。俞皓和他還是普通朋友，昨天的那些表白都只是夢中的大膽，醒來了就退回原點，一絲改變都沒有。

早知道就做到最後。

「我去洗澡。」時燁有些鬱悶，赤身裸體就掀開棉被。

「哇靠——！」俞皓大叫，「時燁，你、你給我穿好衣服喔！有有有、有毛了不起喔，連晨間反應都秀出來就太過分了！」

雖然發育得晚，但該知道的知識都知道了。俞皓又是嫉妒又是害羞地怒斥發育良好的小夥伴。

時燁不管俞皓抱怨，逕自在廁所刷牙洗臉解決後，穿上衣服慢悠悠地晃出來。看著俞皓憤然的表情，時燁扭曲的心終於好轉，黏著俞皓在房間打轉。看他拿衣服進浴室、看他換衣服、看他刷牙洗臉，一瞬間也不放過地看著。

「你今天幹麼這麼奇怪？」俞皓斜睨身後跟緊緊的大狗狗。雖然平常就已經怪里怪氣又黏TT，但今天層級感覺再次進化了。

「沒——有。」時燁把下巴壓在俞皓頭頂左右磨蹭，懶洋洋地回答。

俞皓知道這傢伙在撒嬌，也就放任對方在自己頭上作怪，雖然感覺頭都快被磨禿了。

「吼唷，哪裡來的死蚊子咬我！」俞皓含著牙刷，看著鏡中的自己瞪大眼睛。

時燁的視線從懶洋洋忽然變得心虛，鏡子倒影中的俞皓伸長了頭檢查著自己的脖子，在白嫩的肌膚上，有一塊不是很明顯的暗紅色瘀痕。

「還好不是很癢……」俞皓抓了兩下無感，生氣地痛罵宿舍防蚊措施太差。

時燁大氣不敢吭一聲，昨天以為是夢的一切其實不是夢嗎？那自己這樣又那樣地做了這麼多事，俞皓到底記得多少？如果記得的話，今天的態度也太平凡了；但如果不記得的話，他都親成那樣了還沒醒？

「你……呃、昨天晚上睡得好嗎？」時燁吞了口口水，緊張地試探。

「不太好，一直做夢。」俞皓刷完牙，打了一個大大的呵欠。

「夢到什麼？」

「唔……」俞皓閉上眼睛回想，「記不太清楚了。但好像是在跟一隻狗狗玩耍吧，牠一直舔我，一直跟我撒嬌，口水弄得到處都是，不過牠的舌頭不像狗狗那樣扁扁的說。厚厚的，比較像人，還一直舔到一些癢癢的地方，真奇怪～」俞皓露出微笑，不知為何臉頰有些紅暈。

時燁看著俞皓的傻笑，心情很複雜。

應該要慶幸自己的犯行沒有被拆穿嗎？但心中卻覺得可惜，甚至有一些憤怒……

初吻就這樣被當成一隻狗狗的撒嬌了嗎！

比起堪比夢境的幸福充實感，被當成狗狗的現實生活讓十七歲的少年心自此碎裂。

翼想本

誘捕！不聽話的寵物男孩 2

著　　者／小杏桃
發 行 人／黃鎮隆
副　　理／洪琇菁
執行編輯／楊國治
企劃宣傳／邱小祐、劉宜蓉
封面插畫／MAE
副總經理／陳君平
國際版權／黃令歡
美術編輯／王羚靈
內文排版／謝青秀

出版／城邦文化事業股份有限公司 尖端出版
台北市中山區民生東路二段一四一號十樓
電話：（〇二）二五〇〇－七六〇〇
傳真：（〇二）二五〇〇－二六八三
E-mail：7novels@mail2.spp.com.tw

發行／英屬蓋曼群島商家庭傳媒股份有限公司城邦分公司　尖端出版
台北市中山區民生東路二段一四一號十樓
電話：（〇二）二五〇〇－七六〇〇（代表號）
傳真：（〇二）二五〇〇－一九七九

中彰投以北經銷（含宜花東）／楨彥有限公司
電話：（〇二）八九一九－三三六九
傳真：（〇二）八九一四－五五二四

雲嘉經銷／智豐圖書股份有限公司　嘉義公司
電話：（〇五）二三三－三八五二
傳真：（〇五）二三三－三八六三

南部經銷／智豐圖書股份有限公司　高雄公司
電話：（〇七）三七三－〇〇七九
傳真：（〇七）三七三－〇〇八七

一代匯集／香港九龍旺角塘尾道六十四號龍駒企業大廈十樓B&D室
電話：（八五二）二七八三－八一〇二
傳真：（八五二）二七八二－一五二九

馬新經銷／城邦（馬新）出版集團Cite (M) Sdn. Bhd.
E-mail：cite@cite.com.my

法律顧問／王子文律師　元禾法律事務所
台北市羅斯福路三段三十七號十五樓

二〇一九年一月一版一刷
二〇二〇年九月一版三刷

■中文版■

郵購注意事項：
1.填妥劃撥單資料：帳號：50003021戶名：英屬蓋曼群島商家庭傳媒(股)公司城邦分公司。2.通信欄內註明訂購書名與冊數。3.劃撥金額低於500元，請加附掛號郵資50元。如劃撥日起 10～14日，仍未收到書時，請洽劃撥組。劃撥專線TEL：(03)312-4212 ・ FAX：(03)322-4621。E-mail：marketing@spp.com.tw

國家圖書館出版品預行編目資料

誘捕！不聽話的寵物男孩 / 小杏桃著.
--1版. --臺北市：尖端出版, 2019.01-
冊 ; 公分

ISBN 978-957-10-8217-2(平裝)
ISBN 978-957-10-8416-9(第2冊 : 平裝)

857.7　　107008292

翼想本

翼想本